Esther Goral:

Lichtsuche

Esther Goral ist das Pseudonym einer deutschen Geisteswissenschaftlerin Jahrgang 1973, die durch eine Erkrankung ihren Job, Geld, den akademischen Ruf, Freunde und ihren Glauben, aber nie die Fähigkeit zur selbst- und gesellschaftskritischen Analyse verlor.

© 2020 Goral, Esther

Herstellung und Verlag: BoD – Books on Demand, Norderstedt

ISBN 9783752850659

Inhaltsverzeichnis

Prolog

Noch immer bestehen Tabus, Vorurteile und Stigmatisierungen gegenüber Menschen, die von psychischen Erkrankungen betroffen waren oder sind. Daran änderten auch neuere Publikationen zu den Themen Burnout und Depressionen leider nichts. Wenn man sich mit der Erkrankung Psychose beschäftigen möchte oder muss, steht meist nur psychiatrisch-wissenschaftliche Fachliteratur von Ärzt*innen oder WissenschaftlerInnen zur Verfügung, die wohl in den wenigsten Fällen selbst, also an der eigenen Seele eine Psychose erfahren haben dürften. Die Erkrankten jedoch erhalten eine Diagnose, aus dem ein Stigma entsteht, mit dem sie nunmehr leben müssen. Ist die Zeit reif dafür, einst Erkrankte selbst zu Wort kommen zu lassen? Können als „schizophrene Psychotiker" Diagnostizierte ihre Krankheit überhaupt selbst beschreiben, analysieren und darüber publizieren?

Dieses Buch stellt einen zu 99% wahren, autobiographischen Bericht über das Erleben meiner Psychose im Jahr 2003 dar, der nicht immer rational ist, gleichsam aus der Innenperspektive der Selbstbetroffenen.

Er beruht auf Tagebucheintragungen und späteren mühsamen Rekonstruktionen des Erlebten, zu der auch meine eigenen Patientenakten einbezogen wurden.

Einer Veröffentlichung unter meinem wirklichen Namen steht jedoch eine mögliche nachträgliche, also Re-Stigmatisierung entgegen, wäre sie doch wie ein „Outing" des eigenen Selbst. Ein potentieller Arbeitgeber würde nach „googlen" des Namens jegliche Qualifikation, jedes Diplom nicht mehr anerkennen, gegenteilig nur die Bewerberin im günstigsten Falle als „krank", im schlechtesten Fall als „irrer Freak" abstempeln und aussortieren. Dass jede Psychose anders verläuft, dass sie unterschiedlich behandelt und subjektiv gedeutet wird, dass man vollständig genesen kann und nie mehr einen Rückfall erleidet, arbeitsfähig und zu intellektuellen Höchstleistungen in der Lage sein kann, darüber wissen die meisten Menschen schlichtweg gar nichts.

Personennamen von MitpatientInnen oder medizinischem Personal, die in diesem Bericht erwähnt werden, wurden ebenso verändert. Die Rohfassung des Textes begann ich etwa 1 Jahr nach Abklingen der Symptomatik, überarbeiten können habe ich sie erst 7 Jahre nach der Psychose. Denn wer einmal auf der anderen Seite menschlichen Wahrnehmungsvermögens stand, auf der (ohne Drogeneinfluss) Reales und Nichtexistentes nicht mehr deutlich unterscheidbar war, der ist danach wohl nicht mehr dieselbe Person, der vertraut sich selbst nicht mehr.

Wer die Abgründe seiner eigenen Seele erblickte und durch die medikamentös-toxische Hölle ging, muss dies wohl auch für sich selbst erst einmal reflektieren, verarbeiten und letztlich verdauen, um zu erkennen, dass auch die heftigsten Halluzinationen, der schlimmste Wahn und die übelsten Ängste einen Kern hatten, der das Innerste und Ursprünglichste des Menschen ausmacht – seine Fehlbarkeit, seine Sterblichkeit, letztlich seine Menschlichkeit.

Lesen Sie, lernen Sie, ziehen Sie Ihre eigenen Schlüsse, aber bitte verurteilen Sie nicht!

Esther Goral

1. Das Licht

So muss einer der ersten Schöpfungstage gewesen sein, so stelle ich ihn mir jedenfalls vor. Die Trennung von Dunkel und Licht vollzieht sich erst ganz langsam, funkenweise. In die Schwärze und undurchleuchtbare Dunkelheit dringen nur vereinzelte helle Schimmer, in Zeitlupentempo. Zuerst Streifen, wie Kondensstreifen eines Flugzeugs, dann wie eine aufgehende Sonne am Horizont, letztlich immer größere Flächen einnehmend. Gleißend hell, seelenwärmend, gelbweißlich leuchtend, diamantenklar, nicht grell. Auf mich einflutend, mich überrollend und überwältigend, dennoch herzerfrischend. Das Licht, das mich einlullt, gesichts- und gestaltlos, nur Quelle. Ein Messer, die Schneide für Sekundenbruchteile. Dann wieder nur Licht. Die gesamte Mauerinnenwand, die ich anstarre, erstrahlend. Sternenklar funkelnd. Fresken und Bilder entstehen vor meinen Augen, Figuren wie aus Porzellan. Tausendmal heller als die Sonne, die Strahlende. Das, was ich so lange gesucht hatte. Endlich deutlich vor meinen Augen. Perfekt. Ich bräuchte ein implementiertes Thesaurus, um es zu beschreiben. Und höre wie aus dem Nichts das Lied „Faith" als deutliche Melodie im Ohr:

Catch me if I fall I'm losing hold/ Can't just carry on this
way (...)/ The idea of perfection holds me (...)

Gibt es Dich wirklich? Und wenn ja: Wirst Du da sein,
wenn ich Dich brauche? Wirst Du das Licht von der
Dunkelheit trennen, so wie am ersten Schöpfungstag? Bist
Du mein Licht in der Dunkelheit, jetzt, wo die mir so dicht
auf den Fersen sind? Wirst Du mir den Weg weisen, jetzt
wo ich nicht mehr weiter weiß?
Suchen wir nicht alle die letzte Wahrheit? So wie in Star
Trek V wollen wir an den Ursprung des Universums reisen
und die letzten Fragen stellen. So lege ich denn mein Leben
in Deine Obhut, mein Herz in Deine Hände. Ich kann nicht
mehr. Ich weiß nicht mehr weiter. Die holen mich. Und die
werden mich töten, das spüre ich.
Lass mich sterben oder rette mich, egal.

Nur wegen ihm bin ich hier, wegen diesem letzten Moment,
kurz bevor es bitter wird, atmen und sich freuen, hallo
Bomben und Applaus, neun zehn und aus.
Zusammenbruch.
Absturz.
Blackout.

Festplatte gelöscht.

Meine Schutzschilde deaktiviert.

Alles weg.

Stein fällt auf Rosen, eine Welt explodiert. Doch *viel zu leise.*

Da lag ich nun nieder, rücklings gestürzt, irgendwo im Schnee, auf eiskaltem gefrorenem Boden, Kopf auf Pflastersteinen, ich spürte Blut fließen. *I need evidence that I'm alive, I have no memory at all.* Mein Kopf schien zu explodieren. War ich bewusstlos? Wie lange liege ich schon hier? Wo bin ich überhaupt? Und warum merke ich meine Beine nicht mehr, obwohl ich sie bewege?

„Wer sind Sie.....wie heißen Sie?" Ich drehte den Kopf und sah in anderes gebündeltes Licht, das auf mich gerichtet zu sein schien. Ein Mann und eine Frau, offenbar ein Paar, sahen mich besorgt an, sie hatten eine Taschenlampe dabei und blendeten mich damit. „Wie heißen Sie?" – Ich überlegte, ich rang mit mir und dem verflixten Gedächtnis, aber - ich wusste es nicht, hatte tatsächlich meinen eigenen Namen nicht parat. *When your ID got lost, when they asked for your papers, nothing would prove you exist.*

„Geht es Ihnen gut?" - „Nein", war alles was ich mühsam krächzend antworten konnte, Tumulte entstanden, aufgeregte Menschen rannten umher. Sich aufrichten, die Augen nicht mehr aufbekommen. Ich muss doch weiter, dorthin, wo mir heute der Oscar verliehen wird, und ich meinen größten Triumph in dieser Stadt feiern würde, dort auf dem Balkon der Reichen und Mächtigen, der Sportler und Schönheiten. Der Oscar, für meine Rolle, nein für mein gelebtes Dasein in dem Film „Dogville". Das, was Lars von Trier brillant inszenierte, hatte ich erlebt. Oder war nicht der Film inszeniert, sondern vielmehr mein Leben, das mit dem Umzug in diese fremde kalte Stadt begann? Sie hatten mich ausspioniert, von Anfang an, sie hatten sich gegen mich verschworen. Sie verfolgten mich seither, sie würden mich kriegen. Und dies hier war nun endgültig showdown am high noon, der Höhepunkt dessen, was sie erreichen wollten. Ich hatte gut gespielt, aber es musste ein Ende haben. Der Vorhang muss auch mal fallen. Wir, die es erlebt haben, sind die wahren Helden und man sollte uns ein Denkmal bauen. Und ich brauche dringend eine Schusswaffe.
We could be heroes – just for one day.

Mein Kopf war so dick und schwer wie eine Abrissbirne, mein Hirn konnte sich an nichts erinnern, kämpfte energisch gegen die Kopfgeister, die Melodien und das ständige Summen. Wie war noch mal die Frage? Da war nur ich, am Boden liegend, demütig und das Licht, das endlich gefundene Licht über mir, in Mosaiksteinchen kreisförmig reflektierend. Aber irgendetwas passierte mit mir, zu viel für meine Augen, so dass ich sie schloss und Minuten vergingen. Nackte Tänzer sah ich, nur für Sekundenbruchteile. *Dass ich nicht mehr weiß wie ich heiß`, mir wird heiß – how bizarre.* Ich fand mich dann sitzend in einer größeren Halle, die hell beleuchtet war, wieder. Kopf in Verbandsmull. Ich spüre meine Beine nicht mehr, als wären sie abgehackt. Mehrere Uniformierte um mich herum, in blau und grün, kaum unterscheidbar für Farbenblinde wie mich, denen ich wortlos meine Geldbörse gab. Die waren in der Übermacht. Sie hatten mich also gekriegt, gefangen, alles war aus und vorbei. „Goral?" fragte ein Uniformierter, „Esther Goral?" Verdammt, ich weiß es nicht, summte es in mir.

„Haben Sie Drogen genommen?" „Nein" sagte ich in entschlossenem lauten Ton und dachte dabei „aber ich hätte gerne welche gehabt". Ich hatte heute morgen ein Bier getrunken, keine Ahnung warum, mache ich sonst nie, mir war so danach und das erzählte ich den Uniformierten auch. Aber Drogen? – Nein. Es würde sich doch bestimmt alles erklären lassen, die Angst, die Bilder, die Melodien, die Farben, die vorgeschriebenen Wege, die Ideen, einfach alles. Wo war die Gestalt, die mir eben so hell und strahlend erschienen war? Wo der reflektierende Kreis? Wo das Licht? Was passiert hier gerade – mit mir, mit der Welt? Ich schloss erneut die Augen, zu viele Fragen auf einmal. Irgendjemand sagte, dass heute der 5. Februar 2003 sei. *Bereit für das Adrenalin und die Angst.*

Drei Männer in weiß mit den komischen Kitteln standen nun um mich herum. Sie hatten mich wohl irgendwie vom kalten Boden auf einen Rollstuhl gehievt. Sie besprachen hektisch etwas miteinander, maßen Blutdruck und sprachen mich immer wieder mit tausenden Fragen an, auf die ich keine Antwort wusste. Vom Rollstuhl hoben Sie mich vorsichtig hoch auf eine fahrbare Trage (oder doch schon Bahre?). Ich weiß, ich bin zerbrechlich, könnte sogar zu Staub zerfallen. Wo bringen die mich hin? Die werden schon wissen, wohin… Warum vertraue ich auf einmal so blind? Ich ergriff die Hand desjenigen, der mir am nächsten saß und ließ sie nicht mehr los. *Was für Nervenstränge sollen das denn sein und wer wischt das Blut weg? Wer schützt die Notaufnahmen und wer hält die ganzen Hände?* Braune kurze Haare, blaue wunderschöne Augen, stattliche Figur. Ich sagte ihm, dass mein zukünftiger Ehemann M. große Ähnlichkeit mit ihm habe. Er lächelte gequält. „Wird der Sie abholen können?" Ich liebte ihn seit Ewigkeiten. Er lebt in H., und abholen wollte er mich eh schon lange, ich erwartete ihn täglich. Er würde einfach so vor meiner Tür stehen, in schwarzem Anzug und mit einem Meer aus Orchideen. Er würde wissen, dass ich keine rote Rosen mag, auch wenn sie soviel symbolischer wären. Ich würde ihn auch ohne Worte verstehen, ich wusste es, er würde kommen, ganz sicher. Spätestens am Valentinstag. Aber wie sollte ich das diesem Weißkittel verklickern? Ich wurde ein Stück gefahren. Alles drehte sich in mir, ich hatte Angst, mich übergeben zu müssen. Schwarze Löcher, Tunnel. *Runter in den Keller und reiß dich zusammen.* Augen zu und durch.

Als ich die Augen wieder öffnete, befanden wir uns in einem weißen Saal mit bunten Postern an den Wänden und ich schrie aus allen Leibeskräften, weil es doch kein Krankenhaus war, sondern die medizinische

Versuchsstation, Tausende von „Adlern" (so nannten sich die Mitglieder des größten Jugendverbandes hier) standen kreisförmig um mich herum, lachten mich höhnend aus, wetzten Messer und zielten damit auf mich. So sah ich es. Ein Mann ging in Zeitlupentempo vorbei. Augen schließen würde besser sein als die aufsteigende lebensbedrohliche Panik.

„Nein, hier in der Uniklinik nicht, hier ist kein Bett frei" sagte der Mann im weißen Kittel. Ach, das soll die Uniklinik sein? Ich wurde abermals ins Auto manövriert und wir fuhren lange, sehr lange. Ich wusste, ich müsste versuchen, mich zu erinnern, an meinen Namen, meine Herkunft, und vor allem daran, was hier passierte und wie es angefangen hatte. Aber ich wusste: es war zu spät. Ich saß eindeutig in der Falle. Sie hatten mich, jetzt folgte nur noch der hoffentlich schmerzlose Tod. Wie lange dauert eine Fahrt in den Tod?

Erneutes Augenaufschlagen, in einem weißen Zimmer, eine Ärztin stellte nun Fragen nach Adressen, Drogen, Alkohol, Tabletten, Nachbarn, Unfällen usw., ich konnte nichts beantworten, meine Zunge ist unbeweglich und lallt. Blumenketten wie auf Hawaii, sichtbar nur für

Sekundenbruchteile. Die Ärztin bittet mich, meine Kopfschmerzen subjektiv auf einer Skala von 0 bis 10 einzuschätzen und ist verwundert, dass ich die schöne Skala mit der Antwort „11" sprengen will. Das könne gar nicht sein, sagt sie, da würde mir der Kopf vor Schmerz zerspringen und ich würde Morphium brauchen. „Geht es um eine subjektive Einschätzung oder nicht?" frage ich sie in ruhigem, gelassenem Tonfall. Neben ihr standen zwei weitere Weißkittel. Ich schwieg fortan, ließ die Fragerei stillschweigend über mich ergehen, *was hätte ich schon zu sagen gewusst- hätte dagestanden und nur geschaut – wär´ erfroren im Schweigen, und wär´ nicht mehr aufgetaut,* bis ich es nicht mehr aushielt und schreien musste: "Das ist doch alles inszeniert hier!" Die anwesenden Ärzte blickten sich nun ihrerseits schweigend an. „Ich bin irgendwie durcheinander, aber ich will nicht nach Hadamar, bitte helfen Sie mir doch, ich habe ganze vier Tage und Nächte nicht mehr geschlafen, aus Angst vor denen..." presste ich heraus. Ich sah regenbogenartige Farbspektren vor meinem linken Auge, das rechte suchte das Zimmer nach Leitungen und Kameras ab. Sie schienen zu lächeln, als ob ich schon längst in Hadamar wäre.

Ja, jetzt konnte ich es auch riechen, das Gas, das unterirdisch verlegte, hörte die Schreie der Ermordeten, roch die Unmengen von Giften die sie hier versprühten und als Waffen gegen uns einsetzten. Irgendwas hatten Sie mir bereits gegeben, Spritzen am Arm[1] habe ich doch auch gefühlt, oder? Einfach nur schlafen, egal wie unsicher dieser Ort hier war, selbst wenn sie mich vergifteten, einfach nur schlafen und nie mehr erwachen müssen. Ich fragte, ob sie mein persönliches „Dogville" schon errichtet hätten. „Doc Will?" fragte die Ärztin[2], „was soll das sein? Naja, schlafen Sie erst mal, wir sprechen uns morgen wieder". Es klang wie eine Drohung. Die Light-Version ist „12 Monkeys" - die Gehirnwäsche, wollte ich ihr noch erklären, aber meine Lider konnten sich kaum noch offen halten.

Insane in the brain. Was sollte nur mit mir geschehen? War ich stark genug, um das auszuhalten?

Statt „let the show end" eher „let the show continue", ja, aber nicht jetzt, High Noon war genug heute, später wieder,

---

[1] In meiner Krankenakte ist routinemäßige Blutentnahme zwecks Drogen-Screening notiert. Dieser Drogentest war bei seiner späteren Auswertung nur positiv bei „trizyklischen Antidepressiva", wohl aufgrund des Tage vorherigen Einnehmens von Amineurin, ansonsten negativ für THC oder andere Drogen.
[2] In dieser Schreibweise trug sie es auch in meine Patientenakte ein, offenbar kannte sie den Film „Dogville" nicht.

erst mal schlafen können. „Geben Sie mir irgendwas, damit ich endlich schlafen kann!"

Eine neue Welt entsteht und vergeht – wieder mal unbemerkt. Ich wachte auf und fühlte mich wie nach einem tausendjährigen Dornröschenschlaf, nur dass der Prinz nicht kommen mochte. Warum holte der mich nicht ab? Ich wunderte mich, immer noch die gleichen schwarzen Klamotten zu tragen und spürte einen Drang, diese abzulegen und zu duschen. Aber vorher müsste ich das Zimmer inspizieren, um ihre Inszenierungen verstehen und durchschauen zu können. Ist es eine Gummizelle oder eine Folterstätte? Nein, ein richtiges Bett, ein Nachtschrank, so etwas würde es ja in einer Gummizelle wohl nicht geben, oder? Die Tür – geschlossen und abgesperrt. Die Fenstergriffe ließen sich drehen, die Fenster aber nicht öffnen. Gitterstäbe davor machten mir deutlich, wer hier vor wem oder was geschützt werden musste: Ich vor der Welt da draußen. Oder doch die Welt vor mir? Ein hoher Zaun um das Haus. Ein weiterer Zaun um ein nahes bergiges Gelände war vom Fenster aus zu sehen. Ein Zaun um die Sensibelsten. *Jeder geschlossene Raum ist ein Sarg.*

Ich höre Schritte auf dem Flur, Schritte mit Absatz. Außerdem ein hohes Klingeln und quietschende Räder. Es passiert hinter der verschlossenen Tür, also muss es mir egal sein, denn ich bin nur hier drinnen.

Da gab es ein Bad mit Dusche und Waschbecken, eigentlich ganz normal, wie Bäder eben so sind. Aber der Duschkopf... Nicht nur mit winzigen Kameras. Ich suchte die Gasleitungen und musste zugeben, dass sie diese verdammt gut versteckt und getarnt hatten, aber sie waren trotzdem da. Ich konnte sie ganz deutlich sehen und zog Grimassen. Abgesehen davon, egal was kommen mag, alles an mir ekelte mich, ich musste raus aus diesen Klamotten, selbst wenn ich dafür mein Leben würde opfern müssen. Also raus aus dem Bett, die nicht spürbaren Beine stümperhaft bewegen, alles ausziehen und weg damit. Meine blassen kalten Hände berührten die Hebel. Ein Wasserstrahl. Ich hielt die Luft an, nur nicht einatmen, dann gäbe es vielleicht eine Chance zu überleben. Nicht atmen, Luft anhalten.

Wasser, pures warmes Wasser prasselte auf mich nieder, wusch mich rein und klärte meine Seele. Kein Gas. Vielleicht nur jetzt nicht, vielleicht erst später. *Kaltes klares Wasser, über meine Hände, über mein Gesicht, ich mach' meine Augen zu.*

Die Schwester... ich drücke den Knopf am Bett, wie im Krankenhaus, das kennst du doch schon....es wird aufgeschlossen... "ja?"... frische Kleidung... ja. Kein Krankenhaus-Kittel, richtige Kleidung. Ganz in Schwarz *(cos black is how I feel on the inside)* wieder alleine im Raum. Ich würde gerne eine rauchen, weiß aber nicht, ob und wo das erlaubt ist. Drücke erneut den Knopf, erneut wird aufgeschlossen, „ja?", Wege werden gewiesen. Ich bin schockiert, dass man mich herausgehen lässt aus dem weißen eisigen Zimmer in eine andere Welt. Da ist ein Glaskasten, ein abgetrenntes Zimmer mit großen Glasscheiben, auf denen glückliche Motive gemalt sind: Sonnenscheine und fliegende Marienkäfer, springende Delphine und spielende Katzen. Ist das hier ein Kindergarten? Da soll ich rein, dort in den Glaskasten, zum Rauchen. Da sitzen aber schon zwei Typen, ich gehe aus der Tür wieder raus. Die Schwester sagt „Gehen Sie ruhig rein, die beißen sie schon nicht." Also doch wieder rein. Warum bin ich so zögerlich, wo ich doch auf dem Weg hierher so vertrauensselig war?

Drinnen sitzen, rauchen, endlich, schweigen, paffen. Denke mir, ich könnte ja wenigstens mal grüßen und tue das nach drei Minuten Überlegen dann auch. „Hallo" kommt es zurück. Bin ich wie die? Sind die wie ich? Sind es Pfleger oder Patienten? Auf einmal bekomme ich Angst vor meiner eigenen Courage und flüchte regelrecht aus dem Raucherglaskasten über den grünen langen Flur zurück in die isolierte Welt des weißen eisigen Zimmers. Die Schwester rennt mir hinterher und fragt, ob sie mich wieder einschließen soll oder nicht. Man stellt mich vor die Wahl? Ich treffe die Entscheidung? „Ja, Sie werden nur zu Ihrem Schutz eingeschlossen, aber wenn Sie frei sein wollen..." Frei sein....wer will das nicht? Ist Freiheit Schutz zugleich? Kann Freiheit Schutz sein? Kapiert die Schwester eigentlich ihre eigenen doppeldeutigen Worte?

Ja, ich wollte frei sein. Frei von meiner Familienvergangenheit, meiner kalten Erziehung, meiner Kindheit und Jugend, frei von allen Zwängen, frei vom Druck, frei von meiner Umgebung in F, frei von der Arbeitslosigkeit, frei von möglichen Krankheiten, frei von den dunklen Gedanken, frei von den immer noch umherschwirrenden Kopfgeistern. Letztlich wollte ich frei sein von mir selbst. Aber das kann ich der ja nicht erzählen.

Die Ärztin kommt, im Gepäck noch drei Weißkittel. Fragt mich wieder tausend Sachen, die ich ihr nicht beantworten kann. Ich kehre die Ausfragerei um und will wissen, ob es im Hadamar auch was zu essen gibt. Hadamar-nein. Essen-ja. Die Antworten verwirren mich, ich muss noch mal nachfragen. Wir seien nicht in Hadamar, sondern in der Hohe Mark. Psychiatrie in O. Aha. Die können mir doch viel erzählen! Ich weiß doch, dass alles nur Show ist! Sie könnten es auch Dogville nennen. Alles gut inszeniert[3]. Nein, es sei die Hohe Mark und Essen gebe in einer Stunde, sagt ein Weißkittel. Bis dahin wollte man aber meine Anamnese fertig haben. Okay. Sie wollen mit dem Einfachsten anfangen, das für mich aber das derzeit Schwerste ist und fragen: „Name?" Tja, wenn ich den wüsste, dann wäre ich wohl nicht hier. Ich verstumme. Alter? – „So um die 30" schätze ich mich selbst ein. „Genauer geht's nicht? Adresse?" - Weiß ich nicht, wenn ich sie wüsste, wäre ich wohl auch nicht hier. Machen dir hier ein Verhör mit mir? Wo sind wir überhaupt? In H., W., T. oder in F.? Und woher wissen die, dass ich mal in H. gelebt habe?[4] Ich bin halb Terraner, halb Vulcanier, fällt mir wieder ein, als die jüngere Ärztin meine spitzen Ohren

---

[3] In meiner Krankenakte wird mehrfach notiert, dass „die Patientin alles für inszeniert hält", dies wird als Derealisation bezeichnet.

betrachtet und anspricht. Ich bin ein Mischling, auch wenn das ein schreckliches Wort ist.

„Krankheiten?" fragt sie. Wo soll ich anfangen? „Ja, erzählen Sie ruhig ausführlich". Mir fällt Medizinisches plötzlich wieder ein: Blinddarm-OP, Knie-OP, die meine begonnene viel versprechende Leichtathletik-Karriere abrupt beendete, Allergien, Herz-Lungen-Maschine 1993, festgestellte Hirnentzündungen im Schicksalsjahr 2000. Eine neurologische Erkrankung, keiner weiß genau was das sein könnte. Ich betone: eine neurologische Erkrankung, keine psychische. Verdacht auf Multiple Sklerose, betone ich mehrfach. Zuletzt jedoch Kopfgeister, auftauchende Lichter, mich verfolgende Menschen, Dinge und Orte, Melodien, Herzstechen und Herzrasen, der Typ, der meine Gedanken gestohlen hat, Traurigkeit, willkürliche Muskelzuckungen, Selbstmord-gedanken, *but no, I don't have a gun*, Brustschmerzen, Flimmern vor den Augen, Vergesslichkeit bis hin zu völligen blackouts, trockene

---

[4] In meiner Krankenakte ist pingeligst verzeichnet, was sie mir bei meiner Einlieferung abnahmen und erst später zurückgaben: „Handy, Schlüsselbund, Allergieausweis, Bankkarte, Bibliotheksausweis Hamburg, Geldbörse mit 19,10 Euro darin, 3 Aspirin-Tabletten". Ich hatte zwar keinen Personalausweis dabei, aber meine Identität war der Klinik die ganze Zeit bekannt bzw. durch Behördenmeldeauskünfte zugänglich, nur offensichtlich wollten sie, dass ich mich selbst an meinen Namen erinnerte. Die Aspirin-Tabletten hatte ich wohl wegen der starken Kopfschmerzen eingesteckt.

Kehle und extremer Durst, Appetitlosigkeit, taubes Gefühl in den Händen und Beinen, Schlaflosigkeit, tage- und nächtelang. Kann man an gebrochenem Herzen und verwundeter Seele sterben? Ich hatte mal was vom broken-heart-syndrome gelesen, das hätte ich gerne als Diagnose, das hört sich so gut an.

„F 20 Punkt null" sagt jedoch jemand in den Raum hinein – so also lautet meine Häftlingsnummer nach der Tortur des Verhörs. Wird sie jetzt tätowiert oder später? Eine Ziffer als Diagnose hätte ich nicht erwartet, aber es komplettierte das Bild des Häftlingsdaseins. Die Zahlen müssten aus dem IC-D 10[5] oder dem DSM IV[6] stammen, fiel mir geistesblitzartig wieder ein, da hatte ich irgendwann mal drin gelesen. Aber was war noch mal die 20.0? Ich fand, genug berichtet zu haben und zog nunmehr das Schweigen vor. Die weiteren Fragen könnte ich sowieso mangels Erinnerung nicht beantworten. Und das nächste Mal verhöre ich euch.... Denn ich habe zwei Semester Psychologie studiert und es

---

[5] International Statistical Classification of Diseases, Injuries and Causes of Death, kurz IC-D, ein Klassifizierungskatalog der Weltgesundheitsorganisation, seit 1948 auch mit psychiatrischen Erkrankungen, nunmehr in der 10. Fassung.
[6] Diagnostic and Statistical Manual der American Psychiatric Association (APA), seit 1952 existierendes Klassifikationssystem.

danach immer als Nebenfach gehabt. Ich durchschaue euch total, nicht ihr, sondern ich werde überheblich. Ihr wollt aus mir einen Fall machen, der ich nicht bin. Nur weil mein Vater Zeit seines Lebens in der Psychiatrie war, heißt das noch lange nicht, dass ich auch ein pathologischer Fall bin! *In was für eine Scheisse bin ich da reingeraten? Was für ein Schlamassel!*

Ich bitte um das Buch, in dem die Diagnoseschlüssel verzeichnet sind. Eine Schwester gibt mir das IC-D 10. Ich suche kurz, finde die richtige Seite, die Buchstaben tanzen vor meinen Augen und verschwimmen dann, ich zögere einen Moment, reiße die Seite dann mit Schwung raus. Die Schwester jault kurz auf. „Naja, ich will das lesen, wenn ich wieder klarer denken kann" sage ich, „und ich brauche das als Gedächtnisstütze, weil ja noch nicht die Nummer tätowiert wurde". Sie schüttelt nur den Kopf und geht.

Essen soll ich. Wollen die mich vergiften? Riecht nach Schweinefleisch und ich esse meine Suppe nicht. Kartoffeln und Rotkohl bleiben, es soll schlechtere Henkersmahlzeiten geben. Die Ärztin zwingt mich zum Essen, weil ich angeblich schon zwei Tage lang nichts gegessen haben soll. Ich kann mich nicht erinnern, wie lange ich schon hier bin. 2

Tage? 2 Jahre? Zeugs in den Mund, Kauen, essen, schlafen. Sie weicht mir nicht von der Seite, also gehorche ich.

Vielleicht machen die das anders? So mit Elektroschocks, elektrischem Stuhl und so? Wie bei „Einer flog übers Kuckucksnest", den Film kennen wir doch alle. Ich weiß, dass ich flink bin und geschickt. Wenn die versuchen würden, mich festzuschnallen, dann würde ich einfach entwischen. Und ich muss mir hier echt eine Waffe organisieren....

2. Die Klinik

Wann endet ein Tag und wann beginnt ein neuer? Alles ist durcheinander, als ich erwache. Durcheinander in mir. Dennoch funktioniere ich wie ein Automat. Atmen, mit wackligen Beinen aufstehen, anziehen. Kein Gefühl mehr in den Händen, wie eingeschlafen, dazu das Stechen in der Brust. Der Blick an die Decke leitet die Suche nach den Kameras ein. *We are the stars of CCTV.* Kleine Knöpfchen unter der Decke. Lichtstrahler, vielleicht Lüftungen, vielleicht Gasrohröffnungen. Da könnte überall eine Kamera sein. So wie in meinem Laptop, der Dusche, meinem

Schlafzimmerfenster und meinem Fernseher, alle entdeckt. Und krampfhaft versucht, sie unschädlich zu machen. Aber hier – hier ist die größte je gesehene Kamera: die absolut durchsichtige Scheibe zum Schwesternzimmer. Was immer ich hier tue, sie sehen es. Lassen sich die Fenster doch öffnen und eine Flucht einleiten? Ich ziehe mit beiden Händen am Knauf, ungeschickt hantierend, schon eilt die Schwester ins Zimmer. „Drücken", sagt sie. Was sie damit meint, erschließt sich mir erst Minuten später, nachdem ich die nächsten Pillen heruntergewürgt habe. Drücken statt ziehen. Tatsächlich, wenn ich das Gegenteil tue, von dem was normal ist, dann öffnen sich Welten. In diesem Fall ein gedrücktes Fenster, statt es aufzuziehen. Draußen liegt immer noch Schnee. Und die Gitterstäbe sind gar nicht mehr vorhanden, wann haben sie die denn geräuschlos entfernt? Habe ich Hafterleichterung bekommen? Draußen werde ich verfolgt, drinnen werde ich verfolgt. Die haben sich doch alle abgesprochen, da läuft eine knallharte Verschwörung gegen mich. Wie lange habe ich noch mal geschlafen? Wie war noch mal die Frage?

Bin ich nur sicher in mir selbst? *Und das Leben, das du kanntest, dieses Leben war vorbei.*

Raucherzimmer. Die gleichen Herren. Alle lachen dreckig, als ich den Raum betrete. „Kinderschänder" – hat das gerade jemand gesagt? Warum fällt das Wort? Warum sind die hier und warum bin ich hier? Ich frage einen. Er sagt was von psychischen Krankheiten und dass auf der Nachbarstation die Kinderschänder untergebracht seien. Und ich? „Wenn du es selbst nicht weißt..."

Ein eigenartiger Erinnerungsfetzen steigt in mir hoch. Ich war alleine Eislaufen in der Eissporthalle und sprach munter und quirlig wildfremde Menschen an. Erzählte denen was von meiner vermuteten Multiplen Sklerose und dass ich für diese Krankheit doch ganz gut Eis laufen könnte, auch wenn die Beine wacklig sind und auf dem Eis leicht einknicken. Irgendwo in der Nähe der Halle wohnte ich, fiel mir auf einmal wieder ein, weil ich ziemlich oft dort Eislaufen ging. Jedenfalls fragte ich diverse Mütter, ob ich gelegentlich auf ihre Kinder aufpassen dürfe, weil ich doch Kinder so mag und so viel freie Zeit habe. Schweigepausen entstanden, dann hektisches Handeln. Die Familien machten sich entsetzt und schimpfend davon und ließen mich in meinem Innersten mit der Frage zurück, ob die Übergänge zwischen Pädagogik und Pädophilie fließend seien. Die

Gedankenpolizei bestimmte mein Leben, ließ Gedanken aufkommen, zu denen ich sonst gar nicht fähig war, die mich zermürbten bis zum Äußersten. Die ließen mich erkennen, dass der Mensch zu allem formbar und fähig ist. Die rauchenden Herren sahen mich gebannt an und schienen das Finale der erzählten Geschichte zu erwarten. Ich wusste, dass ich definitiv nicht pädophil bin und dass ich keinem Kind etwas angetan habe. Ich war mir zwar nicht sicher, ob ich nicht vielleicht doch jemanden ermordet hatte – vielleicht war das ja der Grund, weshalb ich hier war - aber es war kein Kind, soviel stand fest. Das wusste ich einfach. Vielleicht war ich aber doch ein weiblicher Hannibal Lecter, die Menschen mordete und sogar verspeiste? Ich konnte mich beim besten Willen nicht erinnern. Nun schwiegen die Herren und starrten mich an. *And all of a sudden you are one of the freaks...*

Alles ist inszeniert: Ich könne gehen, wann immer ich wolle, sagt die Schwester. Wie jetzt? Ich bin nicht eingesperrt? Geben die mir die Gelegenheit zur Flucht, damit ich noch mehr Informationen preisgebe? Meine Überprüfung ergab: Die Tür des Zimmers ist auf einmal geöffnet, sogar die Tür zur Station ist nur angelehnt. Das gelbe Treppenhaus ist leer. Und aus dem Gebäude heraus führen mehrere automatische Lichtschrankentüren, alle sich öffnend, sobald ich in ihrer Nähe bin. Geh noch einen Schritt, Schatz. Teste deine Grenzen. Die wollen nur testen, wie ich mich verhalte, wenn sie mir Freiheit versprechen, ist doch klar. Wie eine Ratte im Versuchslabor. Ich gehe weiter durch den Flur, die Treppe runter, da ist so eine Art Park vor der Haustür. Zuviel Grün, inmitten der kleinen Häuschen, zu viel für mich jetzt. Wieder hoch, sind die Türen auf einmal verschlossen. Ausgesperrt. Von wem willst du dich lieber verfolgen lassen, den da drinnen oder draußen? *Die Welt ist ein Irrenhaus – und hier ist die Zentrale.* Die von drinnen nahmen mir durch automatisiertes Türöffnen die Entscheidung ab. Sitze ich hier gar nicht in der Falle, in der man mich ermorden wird? Und wieder: *jeder geschlossene Raum ist ein Sarg.*

In dem Zimmer fühlte ich mich vorläufig erleichtert. Ich finde nur ein einziges Buch im Schrank, ausgerechnet die Bibel. Also das alte Spielchen: Augen zu und irgendwo aufschlagen:

„Wann werde ich dahin kommen, dass ich Gottes Angesicht schaue? Meine Tränen sind meine Speise Tag und Nacht,

weil man täglich zu mir sagt: Wo ist nun dein Gott?"
(Psalm 42,3)[7] War das nun deren Religion oder meine?
Altes Testament, also auch meine, oder? Bin ich noch
religiös oder nicht mehr gläubig? Wie passend der Zufall
doch sein kann. Nochmal lesen und drüber
sinnieren....Tränen hatte ich schon lange nicht mehr,
ausgeweint, versiegte Quelle. Habe ich in alldem, was mir
passiert ist, Gottes Angesicht gesucht? Und schlagartig
begriff ich: Zum Zeitpunkt meiner größten Not, dort
draußen im Licht, wo ich zugleich so unendlich glücklich
war und doch den Tod befürchtete, da habe ich mich ihm
ergeben, mein Schicksal bedingungslos in seine Hände
gelegt. Blind vertraut. Und dann den Gottesbeweis erfahren,
um den so viele ein Leben lang bitten, sonst würde ich nicht
mehr leben. Ich habe den Glauben nicht gesucht, aber ihn
empfangen. Wir brauchen Zeichen und Wunder, um zu
glauben, seit Menschheitsgedenken an. Galt es nun, meinen
Gott gegenüber dem ihrigen zu verteidigen?

Die Schwester sagt, ich solle jemanden anrufen, der mir die
notwendigsten Dinge vorbeibringen könne, Kleidung und

---

[7] Da ich damals hemmungslos auch diese Seite herausgerissen habe,
nachdem ich die Stelle markiert hatte, weiß ich auch heute, dass es
„zufälligerweise" genau dieser Bibelpsalm war, den ich las.

so. Ich sage ihr, dass ich in dieser gottverdammten Stadt niemanden kenne und noch dazu von meinem früheren Arbeitgeber verfolgt werde. Sie sagt nichts, notiert nur was in meine Akte. Meine Freunde und Freundinnen sind weit weg von mir, unerreichbar jetzt. Ich hatte viel mit ihnen telefoniert, im Winter. *That's what friends are for.* Doch sie waren immer nur noch mehr genervt und wiesen meine Offenbarungen regelrecht ab, das wusste ich noch. Merkte ich selbst noch, wann ich mich selbst oder andere überforderte? Keiner hatte mir mal richtig zugehört, was bemerkt, Veränderungen nicht wahrgenommen oder mal auf eine Psycho-Krise verwiesen.[8] *Und wenn die Wirklichkeit dich überholt, hast du keine Freunde, nicht mal Alkohol. Du stehst in der Fremde, deine Welt stürzt ein.*

Schlafen, Pillen nehmen, rauchen, nachdenken. Die Schwester hat Recht, ich brauche einige Sachen. Ich fühle mich wie ein kleines Kind, dem gedanklich auf die Sprünge geholfen werden muss. Also muss ich mich dem allem noch einmal stellen, koste es, was es wolle. *Runter in den Keller und reiß dich zusammen.* Möge es erneut zum Showdown kommen. Ich fühle mich bereit.

---

[8] Erst retrospektiv, Monate später sagte mir meine damalige beste Freundin, sie habe mich irgendwie merkwürdig gefunden, aber schließlich sei sie keine Ärztin.

Ich frage die Schwester, ob ich nach F. fahren dürfe, um Kleidung zu holen, laufen könnte ich ja schließlich wieder, und die ungefähre Gegend sei mir ja auch wieder eingefallen, Nähe Eissporthalle. „Ach, Sie wollen nach Hause?" fragt die Schwester. „Nein, das ist kein Zuhause, das ist der Platz, wo meine Dinge sind," bekommt sie zur Antwort. Ich definiere es als Möbellager. Erst will sie mich nicht allein gehen lassen. Gestern labern sie von Freiheit, heute darf ich nichts alleine tun. Ich unterschreibe irgendwas. Ja, ich unterschreibe mit einem Phantasienamen[9], was soll ich denn sonst nehmen? Ich bin ja nicht durch Gerichtsbeschluss hier, ich werde nicht festgehalten, oder? Sie lassen mich gehen, drücken mir jene Schlüssel in die Hand, die sie in meiner Jackentasche gefunden hätten. Ich brauche nicht nur Wohnungsschlüssel, ich bräuchte einen Schlüssel zur Erklärung des Ganzen hier, einen Schlüssel zur Vernunft und zum Verständnis.

Die bestellten Eheringe muss ich noch abholen. Ich hatte sie alleine aussuchen müssen, weil mein Liebster mal wieder nur die Musik im Kopf hatte. Sie waren wie Buchstaben geformt, meiner hatte das hebräische „Mem" als Vorbild,

---

[9] Mein Gekrakel auf diesem Formular ähnelt dabei nur entfernt meiner wirklichen Unterschrift.

eckig und rund zugleich, einzigartig. Dabei gar nicht mal teuer. Jedenfalls hatte ich sie speziell anfertigen lassen und war mir sicher, dass sie nun abholbar sein würden und ich sie beim Juwelier bezahlen müsse. Aber wie war noch mal die Adresse? Bevor ich das Licht sah, war ich dort, da bin ich mir ganz sicher. Es scheint vor Urzeiten gewesen zu sein.

Station verlassen, alles ist ruhig, Haus verlassen, im Park. Da ist ein Wachturm, aber ich sehe keine Gewehre, und dort ist ein Tor. Rundherum hohe Zäune und dicke Mauern. Im Laufschritt mache ich mich davon, um mögliche Verfolger abschütteln zu können. Irgendjemand wird schon mein Affadavit unterschreiben, mir Geld für die „Reichsfluchtsteuer" geben und mir die Ausreise ermöglichen. Dann kann ich vielleicht ganz fliehen und untertauchen. Vorbei am unbesetzten Wachturm, vorbei am Tor. Ich habe es geschafft, bin tatsächlich entkommen, raus aus dieser Gefängnis. Die nächste Hölle stand mir bevor, aber manche Dinge muss man eben alleine durchstehen. Ich musste nicht nur Kleidung und Zahnbürste holen, ich musste alles, was mir wichtig ist, aus der Wohnung holen, bevor sie die anzündeten oder besetzten. Da vorne, unten am Berg, ist eine Bahnstation. Richtung unbekannt wird schon stimmen. So gleite ich durch Raum und Zeit, *Mission Voyager, der Weg ist das Ziel,* in unsäglichem Lärm, bis mir nach etwa einer Stunde die Bahn-Stationen plötzlich wieder bekannt vorkommen und ich auch das Umsteigen schaffe.

Meine U-Bahn-Haltestelle. Unverändert. Soweit wären wir also schon mal. Ich gehe einfach immer weiter, wie automatisiert, wundere mich, den Weg zu kennen, aber vielleicht sind sie es auch, die meinen Weg lenken. Angekommen an einem verfallenen Haus, in dessen Erdgeschoss trotz eisiger Kälte die Fenster weit geöffnet sind und laute Radiomusik erklingt. Scheiße, genau das ist meine Wohnung. Plötzlich fällt es mir wieder ein. Und ich laufe hinein, ja ich renne.

Und sie waren wohl schon da. Poststapel liegen nicht vor der Tür sondern dahinter. Sie waren also schon drinnen und haben gesucht. Da sind noch viele unausgepackte Kartons, in denen herumgewühlt wurde. Okay, wo fange ich an, was ist wichtig? Was, verdammt noch mal, brauche ich dringend zum Leben? Fenster schließen, Radio aus, Heizung ausmachen. Auf dem Schreibtisch liegt mein Ausweis, wie extra dort hingelegt, damit ich ihn jetzt finde. „Esther Goral", das steht da, tatsächlich. Mit meinem Foto. Das also bin ich, das ist mein Name. Das soll ich sein? Wer hatte sich bloß diesen Namen ausgedacht? Ausgerechnet für mich? Esther – die Retterin des jüdischen Volkes mit eigenem Thorakapitel. Ich werde kein Volk retten, erst recht nicht mit meiner List oder Schönheit. Muss mich konzentrieren. Überall liegen beschriebene Notizzettel, die ich einsammele. Die Post durchsehen, nur Rechnungen und nicht zuzuordnende, mich überfordernde Dinge. Erst mal zwei große Koffer nehmen, alle mir noch verbliebenen Dinge meines Vaters und meiner Oma in den ersten hineinlegen und der Verschluss geht gerade noch zu. In den anderen meine Lieblingsklamotten, CD-Player und CDs, nur meine Lieblingsbands (wie habe ich es so lange ohne Musik aushalten können? Ach ja, ich habe vergessen zu erwähnen: die Melodien, die Ohrwürmer waren da, machten mir aber nie Angst). Irgendetwas sagt mir, dass ich nicht hierher zurückkommen werde, also alle Dinge mitnehmen, die man notwendig braucht. Wieder die gleiche Frage: was brauche ich zum Leben? Was ist mir wichtig? Brauche ich soviel Materielles oder ist es nicht letztlich egal, welche Kleidung ich mitnehme? Am Ende stehe ich mit zwei Koffern, sowie einem großen Rucksack da und kann alles irgendwie gerade so tragen, ohne zu stolpern. Das wird schon gehen. Was könnte ich noch aus dieser Wohnung über mich selbst erfahren? Kann man Detektiv in der eigenen Wohnung sein, wo doch eh schon alles ausspioniert wurde? Da hängen merkwürdige Plakate an den Wänden, was soll das sein? Was hatte ich zuletzt in dieser Bude getan? Nur Zettel geschrieben? Wahlwiederholungstaste des Telefons drücken, mal sehen, vielleicht.... „Polizeihauptstelle F", meldet sich eine Tenorstimme. *Die Erinnerungssplitter liegen herum, ich tret' rein.*

Irgendwas war nicht in Ordnung mit mir. Und ich wusste, dass ich mich umbringen werde, sollte ich nicht zuvor von den „Adlern" ermordet werden. Da denkt irgendwas in mir, ES denkt, nicht ich. *Gestern, in meinem Zimmer kroch etwas in mich hinein, es kam von außen, ich weiß es genau, ein neues Bild von mir.* ES hat völligen Besitz von mir ergriffen, wie ein Virus. Und den gilt es zu bekämpfen. Bin ich besessen? Und wenn ja, wovon? Vielleicht wollte ich mich stellen, vielleicht habe ich doch gemordet? Ich rief damals also den Notruf an und sagte, dass sie mich jetzt abholen könnten, dass ich aufgebe. Die andere Stimme sagte mir unwirsch, dass sie kein Taxiunternehmen seien. Für ein Taxi fehlte mir das Geld, also ging ich damals - wie lange ist das her?- das lila Fahrrad schiebend los. Am Ostpark kam mir eine Gruppe Jogger entgegen und ich wüsste, dass nun von mir erwartet werden würde, es ihnen gleichzutun. Also lief ich eine Runde mit, in der vollen Kostümierung, die ich damals trug. Nur dass niemand lachte. Soviel Erinnerung für jetzt, Drama genug.

Einige Notizzettel liegen direkt vor mir, als ich mich mit dem Gepäck wieder aus der Bude stehlen will. Darauf steht: „10:04, 1:34, 0:28, 95 Minuten, 2:06". Was immer diese Zahlen auch zu bedeuten haben, ich weiß es nicht mehr. Hatte ich mir Geheimcodes überlegt? „Dido, Sportfreunde Stiller, Seeed" – ist auf einem anderen Zettel notiert. Wahrscheinlich CDs, die ich mir ausleihen wollte, weil ich das Gefühl nicht los wurde, meinen Musikgeschmack verändern zu müssen, koste es, was es wolle, ich weiß es nicht mehr. „Sternenflüsterer am Baikalsee" steht auf einem roten und wichtig aussehenden Zettel, nur was soll es bedeuten? Bin ich so durcheinander gewesen, dass ich nur wirre Fetzen notiert habe? Ich nehme alle herumliegenden Zettel mit, vielleicht kann ich irgendwann daraus was rekonstruieren, was den Anfang betrifft. Mein aktuelles Tagebuch fällt mir in die Hände, aber ich bin noch nicht stark genug, um hineinzusehen. Ich nehme es mit, genau wie die anderen, meine seit dem 11. Lebensjahr geführten Tagebücher (ich will nicht, dass irgendjemand außer mir die liest, auch wenn jetzt vielleicht der Zeitpunkt da wäre, sie zu verbrennen), vielleicht sind sie ja der Schlüssel zum Verstehen des Ganzen hier. Und mein Laptop muss auch mit, das ist mein wertvollster Besitz und ich muss ja noch die zwei Texte für die Fachzeitschriften verfassen, fiel mir ein. Mal sehen, ob mein verwirrtes Hirn das hinbekommt, aber mit muss diese Maschine. Ich packe noch eine Tasche und denke, dass das alles locker 35 kg wiegen wird. Ich muss Journalistin sein, wegen der Texte, überlege ich mir. Was bin ich, frage ich mich und denke an Robert Lemkes Sendung. Ich muss hier wieder raus, *Ich bliebe ohnehin nur ein Fremder in meiner Wohnung.*

Wozu schließe ich diese Wohnung noch ab, als ich gehen will? Sie kommen doch sowieso rein, wenn sie wollen. Da fiel mir ein, auf der Mansarde habe ich einen Schlüssel deponiert und die „Adler", die eine Etage über mir wohnen, könnten das wissen und den genommen haben. Also die Treppen hoch, Schlüssel vom Mansardensims wegnehmen.

Das fühlt sich gleich viel besser an. Sie können nicht mehr in deine Wohnung, kleine Esther, diesmal warst du ganz besonders clever und hast sie durchschaut und ihnen einen fetten Strich durch die Rechnung gemacht.

Die Adresse des Juweliers war unauffindbar. Sollte ich alle Juweliere dieser Stadt aufsuchen? Das würde Tage dauern.... Ich würde die Ringe also nicht abholen können und wahrscheinlich würden sie wieder eingeschmolzen werden. Schade drum, aber mein Gedächtnis..... Und mein Liebster kam einfach nicht. Vielleicht wusste er nur nicht, wo er mich suchen sollte.

Er war nicht der Schönste, wahrlich nicht. Aber seine blauen Augen hatten es mir angetan, seit ich ihn 1993 in Köln vor dem Konzert das erste Mal sah. Damals war er noch künstlich erblondet, mit Zottelhaaren. Oder nein, das war später. Beim ersten Sehen waren seine Haare normal kurz und dunkel. Ich nahm sowieso nur seine Augen wahr. Er zwinkerte mir zu, damals. *Ich trat durch deine Augen, rannte los – und fiel. Fühlte mich überall zuhause, denn ich war schon längst am Ziel.* Ich fiel, ich fiel in Liebe. Irgendwas sagte er auch, aber ich weiß nicht mehr genau, was. Er drückte mir einen Zettel in die Hand, auf dem sowohl seine wunderbaren Songtexte als auch seine volle Adresse standen. Die Songtexte brauchte man auch, bei ihrem Auftritt war bei M.s Nuschelgesang kaum etwas von den sehr politischen manifestartigen Songtexten zu verstehen. Allerdings hatte das Zettelverteilen zur Folge, dass alle Konzertbesucher auf die Zettel starrten statt auf die Bühne, vielleicht hatte er das damals nicht berücksichtigt. Ich wusste genau in diesem ersten Moment, dass er „the one" ist, *love at first sight*. Ich habe seinen Zettel bis heute aufgehoben, wie ein Beweisstück. Als ob ich es ihm gegenüber noch mal beweisen müsste, ihn schon damals geliebt zu haben. *Immer zuviel – oder zu wenig- in mir.*

Zurück zur U-Bahn mit all dem Gepäck. Alles, was ich habe, alles was jetzt wichtig ist, das trage ich hier in meinen Händen. Vielleicht könnte ich sie durch die Dokumente über meinen Vater und meine Oma doch noch umstimmen, mich nicht zu töten? Ich trage mein Leben in den Händen und ächze sehr darunter. *Ich komm' bestimmt nicht mehr zurück...*In der Bahn starren mich alle an und ich überlege, ob es wegen des Gepäcks ist oder andere Gründe hat. Aber kostümiert bin ich ja gar nicht mehr, Karneval ist vorbei. Sicher verbreiten die schon in allen Nachrichten, dass ich raus durfte, dass ich getürmt bin, dass ich noch lebe und vogelfrei bin. Wohin soll ich denn jetzt nur? Da ist kein Raum, an dem ich sicher wäre.... Einsicht: ich brauche diesen isolierten Raum dort in der Klinik, den Schlaf, die Raucherkabine, die besorgten Schwestern. Ich brauche Hilfe gegen die Kopfgeister und die Gedankenpolizei. Ich muss wie ein Kind an die Hand genommen werden, brauche jetzt all diese Jemande, die auf mich aufpassen. Und ich brauche Stärke, um mich weiterhin erfolgreich gegen die „Adler" verteidigen zu können. Und was, wenn die alle gemeinsame Sache machten? Die Schwestern hatten sich zwar noch nicht eindeutig positioniert, aber sie waren höflich zu mir. Und selbst wenn sie mich dort vergasen würden, es war der einzige Ort, an den ich jetzt konnte. Das Opfer identifiziert sich mit seinem Aggressor. Ich hatte gespielt und zu hoch gepokert, alles verloren. Ich werde mich freiwillig ergeben. *Papa, can you hear me? Papa, can you see me? Papa, can't you see I had no choices?* Wie sollte ich nur dorthin zurückfinden?

Eine Trinkanlage. Wasser. Im Radio des angrenzenden Geschäfts hatten sie gerade vermeldet, dass für mich als Sternzeichen Zwilling die Farbe Rot wegweisend sei. Okay, dann mal los. Ich beobachtete Menschen mit schwarzen, also feindlichen Jacken und Menschen mit roten. Ich folgte den roten bis zu einer Bahnstation. Rote U 2, die U-Bahn zur Hohe Mark. Wie passend: you, too. Bis zur Endstation vergeht eine Ewigkeit. Beim Aussteigen läuft eine rote Jacke direkt vor mir, dann den Berg hinauf und durchs Tor. Ist das ein Gefängnis, Mordanstalt oder Klinik? *Von A nach B und nie zurück, na na...* Wieder auf der Station erfreue ich die Schwestern mit der bloßen Tatsache meiner Anwesenheit. Warum hetzen die mir aber noch zu allem Übel die Bullen auf den Hals? Die stehen nämlich vor dem Schwesternzimmer und haben ein junges Mädchen im Schlafanzug dabei, die sie wohl abliefern wollen. Sie wehrt sich, will abhauen, hat aber keine Chance. Habe ich sie auf dem Gewissen? Ich frage, was mit ihr ist. „Selbstmordversuch", lautet die Antwort. Und bei mir? Schweigen der Schwestern. Dann: „Sie waren ja keine Zwangseinweisung." War ich nicht? Was dann? Soll das heißen, ich bin vor drei Jahren freiwillig hierher gekommen? Die Schwester korrigiert: vor drei Tagen. Wir haben Februar, also doch noch Karneval, die Masken sind noch nicht gefallen. Mir wird schwindelig, ich muss mich setzen. Ein Pfleger kommt mit einer ganzen Packung Pillen.

43

Ich zerkaue und schlucke einige davon wie Gummibärchen, dann geht es mir besser. Im Raucherzimmer freuen sich die beiden älteren Herren, dass ich meinen Namen wieder „erinnert" habe. Ich klaube aus den mitgenommenen Zetteln aus meiner Wohnung einen beschriebenen hervor. Darauf notierte ich vor dem high noon die Fragen „wie oft?" und „Wie lange noch?". Wie oft verfolgten sie mich? Anfangs nur einmal die Woche, dann jeden Tag und jede Nacht. Wie lange noch, meint wohl die Frage des Aushaltens, denke ich mir so. Ich kann nicht mehr, ich bin mit meinem Latein schon lange am Ende.

Ich hatte also vor dem high noon die Bullen angerufen. Ich? Die Bullen angerufen? Freiwillig? Ein neuer Erinnerungsfetzen bricht sich Bahn: Warum ich was gegen Bullen habe, ist sozusagen genetisch bedingt. Generationen von Männern aus Mutters Familie waren Bullen, sie dienten sowohl unter dem Kaiser als auch unter Hitler, angepasst bis zum geht-nicht-mehr. Sie sind nach wie vor sogar stolz darauf, Werte und Normen lassen sich nicht entnazifizieren. Dieser Ton, dieser Drill, dieses Herumkommandieren, diese absolute Gefühlskälte, das prägte meine Kindheit. Familienfeiern waren ein echter Graus. Es gab immer Bier mit rassistischen Witzen. Folgsamkeit, Gesetzestreue, Vaterlandsliebe, letztlich blinder Gehorsam. Wer zuhause gelernt hat, zu gehorchen, tut dies auch gerne beruflich. Ich geriet schon früh in Konflikt mit den treuen Gesetzeshütern, die kein Verständnis für das Hören lauter Musik hatten oder wollten, dass man sich nicht in besetzten Häusern aufhielt. Auf einer Demonstration stand ich plötzlich meinem Bullenonkel gegenüber, er hatte den Schlagstock schon gezückt. Und als ich ihn aufforderte, doch loszuprügeln, wie es der Befehl war, sagte er weinerlich, er könne doch nicht jemanden aus seiner Familie schlagen. Warum nicht? Für die waren Leute wie ich sowieso der Abschaum, den es zu entfernen galt. Für Gardinenpredigten musste immer extra mein Onkel anreisen, um mir die Leviten zu lesen, meine Mutter sah sich überfordert. Punk war damals meine Rettung. Rebellion gegen die Mutter, Rebellion gegen alles. Rebellion statt Depression. *Zu kalt.* Diese eisige Kälte meiner Familie, nicht reden über Gefühle, letztlich über gar nichts Persönliches reden, keine Emotionen zeigend, vielleicht gar keine Gefühle habend? Was reagierten sie damals an mir ab, als sie mich mit Kochlöffeln schlugen und mit Teppichklopfern malträtierten, bis ich nicht mehr sitzen konnte? Definition von Rebellion : Nicht den Frust in sich reinfressen, sondern ausagieren. Zum Glück gab es Punk, die Musik, die politischen Ansichten, die „Mode", die Haltung, die Lebenseinstellung. Auch wenn ich nur wenige andere Punks kennen lernte und wohl oft die einzige war, die keine Drogen konsumierte, Punk war der Ausweg. Nur durch Punk überlebte ich die Familie meiner Mutter und ihr dämliches Spießer-Dorf.

Ich wusste seit einigen Wochen, dass irgendetwas in mir nicht okay war. Ich trenne immer zwischen Körper, Geist (also Intellekt) und Seele. Mit meinem Geist war alles in Ordnung, mit meinem Körper eigentlich auch. Blieb die Seele. *„Schändlich ist, wenn die Seele in deinem Leben eher den Dienst versagt, als der Leib ermüdet ist."* *(Marc Aurel)* Wie man mit seiner Seele haushaltet, sie hegt und pflegt, Seelenhygiene betreibt, das hatte mir niemand beigebracht. Jetzt staute sich alles an, der Dreck von 30 Jahren. Ich wusste, dass ich viel tun müsste, um meine Seele wieder okay zu bekommen. Ich hatte auf Anraten einer Freundin Johanniskrauttabletten genommen, die Wirkung war jedoch gleich Null. Offenbar bräuchte ich ein stärkeres Kaliber.
Die Melodien... verfolgten sie mich? Oder waren sie einfach ständig präsent? Fühlte mich nicht im geringsten

bedroht von ihnen. Wunderte mich aber im Gegenteil, dass offenbar nur ich sie hören konnte, wo sie doch manchmal unerträglich laut erklangen und alle Welt sie hören müsste. Sie waren wie Ohrwürmer, nur intensiver und länger. Aber gleichzeitig merkte ich, wie sie durch meine Gedanken beeinflusst wurden. Wenn mir gedanklich eine Textzeile einfiel, konnte ich sie auch gesungen bzw. gespielt hören. Kein Wunder, wo ich tausende von Titeln auswendig konnte. Jetzt schienen sie erstmals gezielt abrufbar.

Zurück ins isolierte Zimmer. Ich frage den Pfleger, wie die Tabletten hießen, die er mir eben gegeben hat. „Tavor", sagt er. Schockstarre. Erinnernde Erkenntnis brockenweise: Als mein Vater damals tot aufgefunden wurde, lagen Tavor-Tabletten auf dem Teppich und sie befanden sich bei der Obduktion auch zahlreich in seinem Körper. Es wurde nie eindeutig geklärt, ob er sie selbst eingenommen hatte oder ob sie ihm eingeflößt worden waren. Nun ist es also an mir. Das gleiche Schicksal? Ich bin reif für die Klapse, jawohl. Die nehmen noch die gleichen Medikamente wie 1980, um uns still zu kriegen. Man kann aus seinem genetischen Gefängnis nicht ausbrechen.

3. Bis ins Mark

Nach weiteren Jahren des Schlafens erwache ich und soll laut der Schwester in ein anderes Zimmer verlegt werden. Dort sind die Kameras weniger und auch keine durchsichtige Scheibe zum Schwesternzimmer, also läuft hier die Überwachung subtiler. Ich liege stundenlang dämmernd auf dem Bett und suche mit den trüben Augen alles nach Gasleitungen ab. Aber ich kann sie nicht finden, weil ich nicht richtig sehen kann, alles verschwimmt in einem milchigen Brei. Aber ich rieche es – das Gas – eindeutig. Im dichten Nebeldunst an der anderen Wand entdecke ich nach Stunden ein weiteres Bett, in dem jemand liegt. Die Schwester ermahnt mich, meine Sachen in den Schrank zu räumen, und das noch vor dem Essen. Ich eruiere: Wenn ich die Augen zusammenkneife und mir einen Tunnelblick zu Eigen mache, kann ich klar genug sehen, um meine Taschen und Koffer auszuräumen. Kleidung auf Bügel oder in kleine Schrankfächer, Kosmetik ins Bad, wo der Boden genauso schwarzweiß-kariert gekachelt ist wie in der besonderen Kammer in Hadamar, nazibraune Handtücher gibt es hier obendrein, mit dem Aufdruck der Klinik, so als ob sie wüssten, dass man manchmal unsicher ist, wo man sich denn gerade befindet. Bücher und CDs auf den Nachttisch und ins Regal. Ich habe sogar mein Kuscheltier mitgenommen, den Bammel-Bär, der mich seit meiner unsäglichen Geburt begleitet, das einzige Geschenk meines geliebten Vaters, und nun in mein Bett darf. Meinen Laptop soll ich abgeben, wegen Diebstahlsgefahr. Ich frage den Pfleger, ob er daraus die Kamera entfernen könne, damit ich endlich wieder unbeobachtet und ungestört dran arbeiten kann. Er verspricht es.

Alles ist inszeniert, nach wie vor. Jeder Charakter hier ist Teil des Meinigen: Ich wollte immer mal Spanisch lernen, wenn ich Zeit dazu hätte. Jetzt sitzt mir beim Essen ein bärtiger Mann gegenüber, der spanische Wörter vor sich hinbrabbelt. Als ich ihn auf Englisch anspreche, lächelt er kurz. Ich bin zum Lernen hier. Der Jemand aus meinem neuen Zimmer ist eine Frau, die die gleichen Gesichtszüge hat wie meine Mutter, nur 20 Jahre jünger, heißt aber Martina. Es muss Absicht sein. Ich bin zum Lernen hier und zur Aufarbeitung meiner Mischlings-Familiengeschichte. Das Mädchen im Schlafanzug plappert munter von Drogenerfahrungen. Ich bin zum Lernen hier und zum

Belehren, nehme ich mir vor. Matthias und Bernd (die beiden rauchenden älteren Herren) streiten mal wieder mit dem Eskimo, über den sie sich noch beim anschließenden Rauchen mokieren. Alle anderen verschwinden im dichten Nebel. Gewalttätige, Kinderschänder, Amokläufer, Suizidale, Depressive – und ich mittendrin.

Ich fühle mich kraftlos, als ob alle Energie aus mir gesaugt wurde. Mein Hirn ist den ganzen Tag damit beschäftigt mit Erinnern, sucht nach dem Anfang, nach Ursache und Wirkung, meine Seele sucht erschöpft nach Sinn und mein Körper ist mit dem puren Überleben befasst. Ich schreibe die Adresse der Klinik in mein Tagebuch, als gelte es, das zu dokumentieren, was passiert ist. Als ob ich später nicht mehr wissen würde, wo ich bin. Alles in mir ist wie in Watte verpackt, vernebelt, trüb, unklar und unscharf, und alles ist mir egal. Ich begreife nur ganz langsam, dass man mich wohl doch nicht plötzlich, unvorbereitet oder gar schnell ermorden will. Die haben andere Methoden hier.

Die nächste Zeit sieht so aus:

Wecken, Tabletten nehmen, Essen, rauchen, schlafen, Tabletten nehmen, Essen, rauchen, schlafen, Gespräch mit Dr. Maus (ich habe ihn so genannt, weil er wirklich aussieht wie eine Maus), Essen, rauchen, duschen, Tabletten nehmen, schlafen. Das geht so ungefähr 3 Wochen lang. Ein Monat für die Ewigkeit. Ich kann mich an kaum etwas aus diesen drei Wochen erinnern. Alles versinkt in Nebelschwaden, im Moor, im Dahindämmern. Die Weißkittel wuseln um einen herum und tun immer so gescheit, benehmen sich, als seien sie die besseren Menschen, arrogant und unnahbar. Nur wegen eines weißen Stück Stoffes sollen die überlegen sein? Nur weil sie etwas anderes studiert hatten als ich?

Die Gespräche, was soll ich dazu sagen? Dr. Maus fragt mich was, ich versuche zu antworten. Dabei taucht mein altes Problem der Wortwahl wieder akut auf. Worte laufen nämlich Gefahr, bei Wiederholung an Kraft zu verlieren, sich zu verselbständigen oder sich gar zu konterkarieren. *Worte aus Särgen, bleich und beerdigt (...) Ich verbrachte meine Zeit mit ihnen – tote Geschöpfe, entkräftet, entartet, entfallen. Worte bilden Sätze. Sätze verletzen, beschönigen, langweilen, übertreiben, vereinfachen.* Und auch ein weiterer Song: *Es kann schon sein, dass alle Worte doch eh bedeutungslos sind. Es kann schon sein, dass jedes Wort den Sinn verliert, sobald es gesprochen.* Ich versuche, etwas über die Zeit herauszufinden, bevor ich meine Wohnung am Tag des *high noon* Hals über Kopf verlassen habe. Ich thematisiere die Isolation und Einsamkeit, das Dahinvegetieren und die totale Interesselosigkeit, aber auch meine Bedenken, jemanden umgebracht zu haben. Ich versuche zu rekonstruieren, was nicht mehr erinnerlich ist. Ich suche nach meiner Geschichte, die selbst mosaikartig rekonstruiert keinen Sinn ergibt. Ich werde wütend, weil ich den Eindruck habe, dass mir niemand hilft. Ich bin sicher, jemanden ermordet zu haben, nur deshalb suchten sie mich. Ich zetere und meckere so lange herum, bis Dr. Maus auf mein Drängen bei der Polizei anruft und nachfragt, ob etwas gegen mich vorliege oder ich gesucht werde. Ich höre mit. Nein, nichts. Ich hatte niemanden ermordet. Nicht mal den Chef des Arbeitsamtes oder meinen Sachbearbeiter? Die hätten es doch wahrlich verdient. Warum fühle ich mich nicht erleichtert? Vielleicht weil ich zu viele Gedanken-Morde begangen habe. Morde, die ich dachte, aber andere ausführten? Andererseits: Arbeitslosigkeit allein ist kein Mordmotiv, sonst hätten wir Millionen Amokläufer. Oder war ich einfach so clever, dass die Leichen bis heute nicht gefunden wurden? Vielleicht hatte ich „nur" meine eigene Seele ermordet? Und suche sie hier….

Alle Energie wird aus mir herausgesaugt, als ob sie eine pumpende Maschine hätten, die das übernimmt. Essen, schlafen, rauchen. That's all. Liege stundenlang schläfrig-dämmernd in meinem Bett und lausche meiner Musik und Martinas Schnarchen. Nebel, Nebel, Watte, Nebel, Watte, manchmal wolkenförmig. Martina kann wenigstens nachts richtig schlafen. Ich schlafe in den unpassendsten Situationen ein: Beim Essen, beim Warten auf den Gesprächstermin, beim Wiegen, dann bin ich abends wieder munter. Nachts laufe ich auf den Fluren umher und treffe meist den Spanier, der auch nicht einschlafen kann. Wir unterhalten uns in einer Mischung aus Englisch und Französisch, weil viele spanische Wörter ähnlich zu sein scheinen. Er zeigt mir ein Sofa unter der Telefonanlage, das ich bisher nicht entdeckt hatte. Dort sitze ich nun oft, kuschele mich in die tiefen Kissen, manchmal schlafe ich drauf ein und werde dann mitten in der Nacht von der Schwester ins Zimmer geschickt. Auf dem Sofa riecht es aber nicht nach Gas und dort sind auch keine Kameras, sage ich ihr. Trotzdem soll ich zurück ins Zimmer. Ja klar, die langsame unterschwellige Vernichtung muss ja fortschreiten. Warum holt M. mich nicht endlich ab?

Der Job, weswegen ich überhaupt in diese Stadt zog. Die verdammte Arbeit bei den „Adlern", einem Jugendverband einer großen Partei, die sich selbst als „sozial" bezeichnet, aber sich genau gegenteilig verhielt. Ich wurde nicht einmal herzlich willkommen geheißen an meinem ersten Tag. Dafür wurden mir stundenlang ausschließlich verwaltungsrechtliche Dinge bis ins Detail erläutert und mein Vorgänger arbeitete mich ein. Er war sehr nett, er schmiss den Job, um zu seiner Freundin nach H. zu ziehen, da wo ich gerade herkam. Wir hätten einfach die Wohnungen tauschen können, dann hätten wir beide den Wohnungssuchstress nicht gehabt. Wir räumten das Büro auf, weil ich ein komplett anderes Ordnungssystem bevorzugte, wir zählten eingenommene Gelder, wir räumten den Keller auf. Ich fragte mich tagelang, was das alles mit jugendpolitischer Bildungsarbeit zu tun habe, für die ich eingestellt worden war. Ich hätte es wissen müssen, schon am ersten Tag, an dem ich mich so unwohl dort fühlte, ich hätte alles ahnen können. Ich dachte, es würde schon noch anders werden, besser, es brauche seine Zeit, aber ich irrte mich.

Ich soll bei Dr. Maus auf einem Zettel notieren, was mir
wichtig ist, denke kurz über menschliche unabdingbare
Grundbedürfnisse nach, wie ich es schon seit Jahren tue und
schreibe:

מים

לחם

חיים[10]

Dr. Maus ist verärgert, weil er Hebräisch nicht lesen kann.
Alles ist eine Frage der Bildung, nicht wahr, Dr. Maus? Ich
lasse ihn meine kurzzeitige Überlegenheit spüren und mache
eine zusätzliche Liste, weil man Leben näher definieren
müsste:

1- Schlaf

2- Trinken

3- Liebe

4- Geist/Selbst

5- Essen

6- Unterkunft

Er ist verzweifelt, weil er nicht versteht, was ich mit
Geist/Selbst meine. Ich halte ihm ein Kurzreferat über die
Analogie zur Maslowschen Bedürfnispyramide von 1954

---

[10] Hebräisch: Leben – Wasser - Brot

und die jahrtausendealte philosophische Trennung von Körper, Geist und Seele. Lektion zweites Semester Psychologie, Grundstudium. Und so ein Nichtwissender soll mir helfen? Der Typ hat doch gar keine Ahnung. Ich halte Maslow immer noch für unwiderlegt, der beschrieb, dass sich Streben nach Selbstverwirklichung und Transzendenz erst dann entwickeln können, wenn die elementarsten materiellen Grundbedürfnisse des Menschen befriedigt worden sind. Sowas findet sich ja auch in den Menschenrechten. Kritisch sehe ich allerdings, dass er Menschen, die in materieller Armut leben, per se abspricht, nach höheren Werten zu streben. Erst das Fressen, dann die Moral? Hat nicht jeder Mensch höhere Ziele, nach denen er strebt? Will nicht letztlich jeder lieben und vor allem geliebt werden? Braucht der Geist nicht eine Aufgabe, auch wenn er unter Hunger leidet? Kann er sich nicht vielmehr mit Werten wie Freiheit über den Hunger hinweghelfen? Selbst in den extremsten Bedingungen der Nazi-Konzentrationslager gab es geistigen Widerstand, Selbstbehauptung, Kunst, Musik, Religiösität. Ich hatte damals beim Lesen von Maslow begriffen, dass der Mensch immer gleich ist und vor allem gleichwertig, aber dass die Verhältnisse, in denen er leben muss, Unterschiede hervorbringen und ihn verändern. Ich vergleiche mich nicht mit den ärmsten der Armen oder den Geknechteten, aber auch mein Selbst wurde bestimmt durch die miserablen Umstände. Was allein hatte die Arbeitslosigkeit aus mir gemacht? Ein Wrack. Zu keinem Protest fähig, nicht dazu in der Lage, Widerstand gegen die gesellschaftlichen Zustände bei mir selbst zu mobilisieren oder gar mit anderen gemeinsam zu organisieren. Dr. Maus will aber über meine Bedürfnisse sprechen und nicht über weltpolitische Grundfragen oder Philosophie. Vor der Klinikzeit hatte ich nur noch in stummer Verzweiflung gelebt. Was ist für mich selbst wichtig? Ich kann ihm seine Frage nicht anders beantworten und breche die Sitzung ab. Ich stehe einfach auf, öffne die Tür seines Sprechzimmers und gehe, mache die Tür nicht mal zu, soll er es doch selbst tun.

Matthias hat einen Anstecker des FC auf meiner Handtasche entdeckt. Er fragt, ob ich Fußball mag. Ach ja, der Verein, grübele ich. Ja, ich denke doch, dass ich Fußball mag. Ob er die letzten Spielergebnisse hat? Seine Stirn legt sich in Falten. Nach der Winterpause habe St. Pauli so überragend gut begonnen, dann unentschieden gespielt, zuletzt nur noch verloren, sie würden in der Tabelle nach hinten durchgereicht, der Abstieg drohte, so berichtete Matthias mir es. *Wir waren zusammen auf 'nem Abstiegsplatz...* Eigentlich erstaunlich, dass es meinem Verein gerade auch nicht besser geht. „Die müssen sich anstrengen, die Klasse zu halten", sagt Matthias. Und auch ich muss mich anstrengen, Niveau zu halten, denke ich. Matthias und Bernd überreden mich zum Tisch-Kicker-Spielen. Das macht Krach und Spaß. Ich schaffe es sogar, einige Tore zu schießen, obwohl ich nicht weiß, ob es daran liegt, dass die anderen mich gewinnen lassen wollen. Irgendwie muss man aber hier die Zeit totschlagen und sich beschäftigen, sonst dreht man noch total durch. Immer nur dämmernd dazuliegen ist keine Lösung. Der Nebel umhüllt uns, wir geben zusätzlich Rauchzeichen von uns. Rauchen verbindet, ich kenne auch nur die Mitpatienten aus dem Raucherzimmer. Wir sitzen dort oft und erzählen uns gegenseitig unser Leben. Da ist soviel Leiden, soviel Grausamkeit durch die Gesellschaft zugefügt worden, durch ein unmenschliches System. Wir kranken an einer kranken Welt. Vielleicht muss man verrückt werden, wenn alles um einen herum unfassbar, verrückt oder irre scheint? Ist es nicht eher eine normale, übliche, ja logisch-stimmige Reaktion auf eine negative, ja kranke Situation hin verrückt zu werden? Jedenfalls hat es in den 1970er Jahren das Sozialistische Patientenkollektiv Heidelberg so gesehen, *„dass das, was als Schizophrenie (...) bezeichnet wird, das einfache Resultat ist, in welchem der Widerspruch zwischen Gewalt und Leben auf die Spitze getrieben"[11]* wurde, fällt mir ein. Manchmal fragen wir Patienten uns, wer von uns am beschissensten dran ist. Wie sehr ist das Wort „beschissen" steigerbar? Ich begreife wieder einmal, dass jeder seinen persönlichen Rucksack zu tragen hat, voller Schicksalsschläge, Krankheiten, verworfenen Ansichten und letzten Hoffnungen. Ein Rucksack, der seit Geburt an befüllt wird mit Negativerfahrungen und -ereignissen, der bei dem einen leichter und dem anderen schwerer bepackt ist. Der Rucksack, der darüber entscheiden kann, wie einfach oder schwer das spätere Dasein werden wird. Der bei mir mit Steinen gefüllt zu sein scheint und der bestimmt, dass mein mögliches Vorankommen in jedem Falle anstrengender und mühevoller ist als bei anderen. Den Rucksack wird man lebenslänglich nicht los, es geht nur darum, ob er leichter oder schwerer zu tragen ist. Man kann doch Gipfel auch mit schwerem Rucksack erreichen, oder? Vielleicht sollten wir

---

[11]Sozialistisches Patientenkollektiv SPK an der Universität Heidelberg: „Aus der Krankheit eine Waffe machen", Trikont-Texte, München 1972, S. 11.

wirklich langsam anfangen, aus unserer Krankheit eine Waffe zu machen und sie gegen das uns krankmachende System richten.

Am Tag des high noon hatten sie mich nicht schlafen lassen, manipulierten mein Radio, das sich wie von Geisterhand selbst den Sender verstellte und losplärrte. Von zwei Sendern wurde ich namentlich gegrüßt, weiß nicht, wie sie das hinbekommen haben. Meine Post war gestohlen, das Gas abgedreht und der Strom auch. Das Telefon funktionierte nicht, jedenfalls zunächst nicht. Als ich nach dem Briefkastenöffnen wieder in die Wohnung hinein wollte, war sie mit Sperrmüllmöbeln zugestellt und abgeschlossen. Waren das Tatsachen oder bildete ich mir die Verfolgung nur ein? Ich würde nur durch das Flurfenster entkommen können. Ich brüllte herum, beschimpfte sie, zerstörte das Radio und war gar nicht mehr ich selbst. Ich musste weg von hier, deshalb hatte ich mich auf die Suche nach dem Licht gemacht.

Ich habe neuerdings in der Klinik manchmal regelrechte Laber-Flashs, muss erzählen, analysieren, Beobachtungen mitteilen, interpretieren. Ich labere dann den ganzen Tag.

Egal, ob ich es nur mir selbst erzähle, oder andere stundenlang zutexte mit dem Quatsch, der sich in meinem Hirn breiig Platz gemacht hat. Toby fragt, ob ich die Lektion des Schweigens noch nicht gelernt habe. Wir sprechen über das notwendige Schweigen, um wieder zu sich selbst zu finden. Toby ist 17 Jahre alt und hat schon mehr gepeilt, als andere mit 70. Er bringt mir das andächtige Schweigen bei. Ich will etwas in den Köpfen hinterlassen, Toby sprüht mit Lackspraydosen Erinnerungswertes auf Klinikwände. Und muss hinterher für die Entfernung seiner Sprüche bezahlen. Dr. Maus versucht, mir die biochemischen Prozesse in meinem Gehirn zu erklären. Er redet minutenlang von Nervenzellen, D2-Rezeptoren, limbischem System, Neurotransmittern, Botenstoffen, Andockverfahren, Serotonin, Dopamin. Ich verstehe nur Bahnhof. Das, was mir passiert ist, soll chemische Ursachen haben? Also rein biologische, chemische, körperliche? Er hat mich mit seinem Wissen übertrumpft, soviel steht fest. In Physiologie und Biologie habe ich an der Uni immer geschlafen, weil die Vorlesungen Montagmorgens um 8 Uhr waren, überhaupt nicht meine Zeit. Habe ich nun den Wahn oder stimmen bei mir einfach irgendwelche Botenstoffübertragungen nicht? Ist das hier eine

Stoffwechselkrankheit? Das alles soll medikamentös behandelbar sein? Die Gedankenpolizei soll mit Chemie vertrieben werden? Die Verfolgung durch Pillen gestoppt? Der Gasgeruch durch Kugeln zunichte gemacht werden? Ich bin beeindruckt. Wenn Chemie das kann, dann habe ich sie bislang krass unterschätzt.

Erinnerungen können wie Tretminen sein. Man muss sich ihnen vorsichtig nähern, die Ränder genau definieren, um sie dann unschädlich zu machen. Man darf nur nicht mitten hinein treten, dann explodieren sie und du mit ihnen. Ich erinnere mich an Filme, Musik, Gespräche mit Freunden, nur an die wirklich wichtigen Sachen erinnere ich mich nicht. Warum bin ich hier – das ist die Kernfrage, die ich nicht beantworten kann.

Ich frage Dr. Maus nach der 3. Sitzung, was denn überhaupt meine Diagnose sei. Er blickt in seine Akten, schaut auf und sagt: „Schizophrenie". Ich stehe auf, in meinem eigenen Nebel, strecke die Hände gen Himmel, den Donner und Blitz erwartend. Manchmal sehnt man sich nach großen Gesten in eindrucksvollen Momenten, auch wenn sie melodramatisch und theatralisch übertrieben wären.

Sicherheitsnotsignale, lebensbedrohliche Schizophrenie. Hey, hey, hey, ich war der goldene Reiter, ich war so hoch auf der Leiter, doch dann fiel ich ab... Warum widerspreche ich dem Kerl nicht? Er scheint sich seiner Sache so sicher. Wenn ich jetzt widersprechen würde, dann würde er sicher argumentieren, dass ich verdränge und Realitäten nicht wahrhaben will. Ich verlasse wie paralysiert den Raum. Das ging bis ins Mark. „Schizophren" bedeutet heute immer noch das gesellschaftliche Todesurteil.

Daddy wurde damals ebenso diagnostiziert. Und ich habe mindestens 20 Bücher darüber gelesen, damit begonnen, als ich 9jährig kaum lesen könnend noch nicht mal wusste, was Psyche überhaupt ist. Ich kenne mich aus damit, dabei kann mir niemand was vormachen. Daddy wurde damals zu Unrecht so diagnostiziert. Er hatte eher manische und depressive Phasen, die sich temporeich abwechselten, aber keine Schizophrenie. Aus den Studien der Krankenakten über ihn, die wenigen, die mir später zugänglich waren, wurde deutlich, dass er sich nicht gesellschaftskonform und politisch zu extrem links verhielt, intensivst fühlte und liebte und Ideen hatte, für die die Zeit noch nicht reif war. Alles, was Psychiater nicht genau einordnen können, ihnen aber *strange* vorkommt, nennen sie schizophren. Und die Gesellschaft, die Medien machen daraus gespaltene Persönlichkeiten wie Dr. Jekyll und Mr. Hyde, die sich brutal gegenüber anderen verhalten, andere gefährden oder schlicht und ergreifend austicken. Schizophrenie dient als Sammelkategorie für alles, was irgendwie anders ist, komisch und nicht normal. Ist ja letztlich auch eine Diagnose, für die die Krankenversicherung zahlt. „Braucht Schlaf und ist verwirrt" wäre ja keine abrechenbare Diagnose. Was ist normal? Und wer legt das fest, was gerade noch so als normal gelten kann und was eben nicht?

Ich erinnere mich urplötzlich: Ich habe niemanden außer mir selbst gefährdet, ich habe niemanden ermordet, ich habe niemandem was angetan, ich bin nicht brutal gewesen, ich hatte nur einen Nervenzusammenbruch. Bin irgendwo in der Stadt einfach zusammengeklappt. Aber ich erkenne, dass ich Hilfe brauche.

Das dritte Bett in unserem Krankenzimmer wurde belegt. Ein junges Mädchen, die sich die Pulsadern aufgeschnitten hat, aber noch lebend gefunden wurde. Warum lässt man Suizidale nicht sterben, so wie sie es wollten? Warum rettet man ihnen krampfhaft das Leben, das sie gar nicht mehr wollen? Warum erfüllt man ihnen nicht den letzten dringenden Wunsch, den nach dem Tod? Ich verstehe es nicht. Lasst die Selbstmörder sterben!

Abends fange ich an zu beten, einfach so, halte Zwiesprache mit Gott. Mein Hebräisch reicht nicht aus, um auszudrücken, was ich sagen und fragen will, es ist grammatikalisch holprig und mein Wortschatz ist eingerostet, aber ich denke, dass mein Gott alle Sprachen versteht, also wechsele ich ins Deutsche. *Ich kröche, wenn ich könnte, endlich näher noch zu Gott.* Mein Schicksal erinnert mich sehr an die biblische Geschichte des Hiob. Ihm wurde alles genommen und immer wenn er dachte, schlimmer kann es nicht mehr werden, setzte das Schicksal doch noch eins drauf. Er saß zuletzt in der Asche und schabte sich. Hiob fragte, warum Gott das alles zulässt, warum er ausgerechnet ihm das alles angetan hatte. Gott schwieg. Hiob suchte die Weisen auf und suchte Gott, um den Beweis seiner Existenz zu erfahren. Vielleicht tat ich das auch, als ich so verzweifelt war, dass ich nur noch dem Licht hinterhergehen konnte. Habe ich Gott wirklich gefunden? War er da für mich? Passte er auf mich auf? Und wird er mich auch jetzt begleiten, nach dieser Diagnose?

Alles zweifelt in mir. Ist alles Schicksal? Würfelt Gott doch? Was ist sein Plan mit mir? Das ist alles eine Nummer zu groß für mich und mein Glauben ist aus der Übung. Vielleicht ist unser ganzes Dasein auch nur purer Zufall, das wäre einfacher zu verstehen und einfacher zu ertragen. Aber würde ich diesen Gedanken annehmen können, dass alles letztlich nur Zufall ist und keine Bestimmung?

Ich soll zum Sport gehen, als ob Bewegung irgendetwas ändern würde. Ich gehe mit der Schwester durch die weiten Areale der Klinik und bin geschockt: Da steht ein Riesen-Krematoriumsofen, ungetarnt, mitten im Gelände. Ich schreie und laufe weg, verstecke mich hinter den Tischtennisplatten, bis ich von einem Pfleger gefunden werde. Nein, das sei eine Kompostanlage. Ja, ich weiß, damals haben sie auch Düngemittel aus uns gemacht. Er sieht ein, dass es zwecklos ist. Ich werde dort nicht vorbeigehen und erst recht nicht zur unmittelbar daneben befindlichen Sporthalle. Geht jemand freiwillig zum Krematorium? Bin ich ein Lamm, das freiwillig zur Schlachtbank geht?

Dr. Maus hat in der nächsten Sitzung wieder mal die Röntgenblickbrille aufgesetzt und fragt mich, ob ich vor meiner Einlieferung auch sterben wollte. Ich sage, dass ich mir absolut sicher war, sowieso zu sterben, aber es nicht selbst herbeigeführt habe. Er ist zufrieden mit der Antwort. Ich soll darüber reden, wie es mir mit der Diagnose geht. Das böse S-Wort also. Ich beschreibe meine Zweifel anhand Daddys Schicksal. Er sagt, Schizophrenie sei eine Sammelkategorie für alles, was noch nicht näher definiert werden könne. Ob ich noch Verfolgungsängste hätte? Ob ich mich noch bedroht fühlen würde? Ob ich noch immer halluziniere? Dreimal ja, aber es wird im Tavor-Nebel weniger als zuvor. Dr. Maus ist begeistert, dass seine Pillen offenbar anschlagen. Er spricht von Besserung, die bald eintreten werde. Er sagt, ich würde schon mehr vertrauen als am Anfang. Ich habe doch keine Angst mehr vor der Hohe Mark, oder? Er durchschaut mich und ich kann nichts dagegen tun. Meine Maskerade ist schon längst vorbei. Hier bin ich reduziert auf das, was ich wirklich bin: ich. Keine Vergangenheit, keine Zukunft, nur der Moment.

My past, my future, my disease, perhaps collapse to make me see the moment, just to breathe.

Tretmine: Vor dem high noon herrschte die Alleinsamkeit. Schon im Dezember hatte ich meinen Schlaf-Wach-Rhythmus komplett verloren, war tagsüber schlafend im Bett und kriegte nachts kein Auge zu. Das Chaos komplettierten die Schlaftabletten, die ich öfter nahm, aber die nichts bewirkten, jedenfalls keinen Schlaf. So saß ich tage- und nächtelang vor dem Fernseher und schaute mir Musikvideos auf MTV an. Da konnte man bei einem Voting mitmachen und den weiteren Verlauf der Videos damit beeinflussen. Ich rief dort so lange an, bis im Evanescence-Video Amy Lee mit ihren wunderschönen schwarzen Haaren im weißen Abendkleid schneewittchengleich auf dem Green-Day-Skateboard fuhr und ihren Liebsten in einer modernen Stadt mit Wolkenkratzern suchte. *These wounds won't seem to heal. When you cry, I 'll wash away all of your tears, when you scream I'll fight away all your fears.* Zum Rotz-und-Wasser-Heulen schön.

Die Schwester macht Gedächtnistraining in Form eines Quizspiels mit mir, das gibt sie zumindest vor, aber eigentlich fragt sie mich aus. Alles was unpersönlich, historisch oder politisch ist wie bei Trivial Pursuit, das weiß ich und bin richtig gut im Erinnern. Ich sagte ja, mein

Intellekt ist gleich geblieben, mein Geist funktioniert wunderbar. Alles was aber mit mir zusammenhängt, was irgendwie persönlich ist, bleibt im Nebel. Ich besiege die Schwester locker, ohne mich anstrengen zu müssen. Wann ich zuletzt beim Arzt gewesen sei, fragt sie beiläufig. Es fällt mir wieder ein. Ich war bei einer Neurologin in F., Frau G., weil ich wollte, dass mein Gehirn untersucht wird, das MRT wiederholt wird, weil sie noch in H. gesagt haben, es müsse halbjährlich kontrolliert werden wegen des Verdachts auf MS. Außerdem spürte ich manchmal meinen linken Arm und die Beine nicht. Bei diesem Besuch hatte ich noch Arbeit, bei den „Adlern", direkt gegenüber vom Arbeitsamt. Ich hatte Wochen zuvor das Antidepressivum Amineurin zwangsweise abgesetzt, weil ich kein neues Rezept hatte. Ich war ja gerade erst umgezogen und hatte in F. noch keine neuen Ärzte.

Ich klagte der Neurologin alle meine Beschwerden und kriegte einen Heulkrampf. Diese innere Unruhe, die Depressionen vor und während der Menstruation, die damit korrespondierenden Schlafstörungen, der Rückzug, die stolpernden Beine, die Erkenntnis, dass mir die Einsamkeit auch nicht hilft, der Verfolgungseindruck des Mobbings auf der Arbeit, das Gefühl, am liebsten kündigen zu wollen, nichts Erfreuliches mehr, die ewige Grübelei, das Anderssein, die innere Wut und sogar Menschenfeindlichkeit gegenüber Anderen, der Heißhunger auf Schokolade. All das berichte ich wie in einem Rausch unter Tränen. Sie murmelte etwas von Paranoia und ich musste abermals an das SPK denken, das 1972 schrieb, dass ein Mensch aus den Erfahrungen seiner Umgebung eine Bedrohung seiner Existenz erfährt, welches Ärzte aber als Paranoia klassifizieren.[12] Verfolgungswahn, obwohl es objektive Beweismittel dafür gab, dass ich gemobbt und verfolgt wurde. Für diese Ärztin hatte ich auch keine MS-Symptome, höchstens vielleicht depressive Verstimmungen. Sie verdrehte nur die Augen ob meiner Erzählungen und verordnete das gewünschten MRT, den ich dann unter Tränen im Dezember, als ich schon arbeitslos war, machen ließ.

Wann immer ich in dieser Röhre liege und mich nicht bewegen darf, mein Kopf gefangen in einem Schaumgitter mit Abdichtung nach oben, nur schmale Spalte zum Atmen, Schlucken fast unmöglich, das fühlt sich immer an wie lebendig begraben, nur den eigenen Atem spürend.

---

[12]Sozialistisches Patientenkollektiv an der Universität Heidelberg: „Aus der Krankheit eine Waffe machen", Trikont-Texte, München 1972, S. 77.

Lebendig begraben, wir sind lebendig begraben, und manchmal fühle ich mich nicht einmal richtig lebendig.

Die Diagnose war so wie immer: Ja, da sind so entzündete und vernarbte Stellen im Hirngewebe, enhancements oder auch plaques genannt, die sehen nicht gut aus, aber vermehrt haben die sich im Vergleich zu den alten Bildern nicht. *Jene Narben- jeden Tag.* Multiple Sklerose könne sein, könne aber auch nicht sein. Eindeutigkeit habe man erst nach einer Lumbal-Punktion. Die aber werde ich nie wieder machen lassen, einmal hat gereicht. Damals in H. hatte ich das Gefühl, nicht aus meinem Rücken, sondern aus meinem gesamten Nervensystem einschließlich Hirn wird zwei Liter Flüssigkeit rausgesaugt, ein wirklich ekliges und schmerzhaftes Gefühl. Als ob einem jemand bei lebendigem Leib das Zentrale Nervensystem heraussaugt. Die Kopfschmerzen im Anschluss an die Punktion waren die furchtbarsten, die ich je ertragen musste. Nie wieder werde ich mich so einer Prozedur freiwillig unterziehen. Ich weiß, irgendwas ist mit meinem Hirn, war schon lange so, aber das sind keine biochemischen Prozesse, das ist was ganz anderes, das ist ES. Die Neurologin hatte nichts erkannt, nichts diagnostiziert, gar nichts. Sie schickte mich wieder weg und beging damit einen großen medizinischen Fehler.

Die Schwester fragt nach dem vollen Namen der Neurologin und wir suchen ihn im Telefonbuch raus. Wenn ich rechtsschutzversichert wäre, könnte ich die verklagen, sagte die Schwester.

Wenn wir schon dabei sind: ich war damals auch bei einem Hausarzt, Dr. Traum. Ich erzählte von allen Symptomen und Lebensumständen, er ging aber nur auf die Arbeitslosigkeit ein. Er hielt mir ein langes Referat darüber, dass schon ganz andere Staaten untergegangen seien, die UdSSR zum Beispiel, oder die DDR, und dass vielleicht bald die BRD fallen würde, schließlich könne sich kein Land so viele Arbeitslose leisten. Normalerweise diskutiere ich ja gerne über Politik, aber dies hier war ein Arztbesuch und ich hatte definitiv andere Erwartungen. Er schickte mich zum Lungen-Röntgen, weil ich starken Husten hatte. Auch dort wurde nichts festgestellt. Ich bin ohne Befund. Ich saß auf dem Besucherflur des Krankenhauses, hielt die befundfreien Röntgenbilder in der Hand und wusste nicht weiter. Wenn man selbst spürt, dass irgendetwas nicht in Ordnung ist, aber alle Ärzte sagen, dass da nichts wäre, ist man dann automatisch ein Hypochonder? Warum forschen die denn nicht, dass man endlich weiß, was diese vernarbten enhancements mit mir machen? Kann man mit entzündetem Gehirn leben? Lösen diese Entzündungen nunmehr auch psychologische Sachverhalte aus? Ich weiß, ich bin eine mündige Patientin. Ich informiere mich mit allen mir zur Verfügung stehenden Mitteln, bleibe aber letztlich doch ein medizinischer Laie. Ich hätte weitere, andere Ärzte aufsuchen sollen, so lange, bis einer was gefunden hätte. Aber dazu fehlte mir die Kraft. Ich blieb in meiner Wohnung und dümpelte, vegetierte vor mich hin, bis mir irgendetwas sagte, dass ich mich auf den Weg in die Stadt machen solle, wegen des Oscars. Und dann der Zusammenbruch. Vielleicht verdanke ich diesem Pärchen, das mich gefunden hat und den Notruf wählte, mein Leben, ich weiß nicht, was sonst geschehen wäre.

Ein neuer Tag: wecken, essen, Tabletten. Ich soll wieder mit zum Sport gehen. Ich gehe nur mit, weil wir nicht am Ofen vorbeigehen, sondern einen anderen Weg. Dort angekommen, lauern mir zwei Typen aus der Nachbarstation auf, verfolgen mich mit Blicken und lästern über mich. Ich sage dem Sportlehrer, Herrn Alt, dass er das unterbinden soll. Okay, ich bin verrückt und werde hier noch zur Petze. Er spricht mit den Männern. Sie unterlassen weder das Hinstarren noch das Lästern, auch sie verfolgen mich. Sind sie von den „Adlern" geschickt worden? Wir spielen Volleyball und ich kann zeigen, wie gut ich mal darin war, immerhin bis zur 2. Bundesliga hatte ich es gebracht, auch wenn es lange her ist. Ich kämpfe, ich hechte. Ich versuche jeden noch so unerreichbaren Ball zu kriegen und falle immer wieder auf die Knie ohne Knieschützer. Zurück auf der Station wird mein Knie begutachtet und beschlossen, dass ich nach V. ins Krankenhaus zum Röntgen soll. Ein Taxi bringt mich dorthin, die Untersuchung ist kurz, nur eine Prellung, auch wenn ich nur noch humpeln kann. Zurück in der Hohe Mark denken sich Matthias und Bernd den neuen Kosenamen Hinkelotta für mich aus. Damit kann ich zufrieden sein, für andere Mitpatienten haben sie heftigere Namen.

Im Raucherzimmer spielen wir „ich sehe was, was du nicht siehst" und lachen uns dabei schier kaputt. Auch die anderen sehen Kameras, erblicken feindliche Personen oder Objekte, sehen nicht vorhandene Farbspektren. Das beruhigt irgendwie. Ich bin nicht die Einzige, die so was sieht. Die anderen wollen zu „ich höre was, was du nicht hörst" wechseln, da kann ich nicht mithalten. Ich höre nur leise

Melodien, keine Stimmen, andere Patienten hören aber Stimmen, die ihnen sogar etwas befehlen. Ich höre nur Stimmen, die wirklich da sind, ich stelle mir menschliche Stimmen zwar manchmal gedanklich und in Erinnerung vor, aber ich höre sie eben nicht wirklich. Andere fühlen sich so von Stimmen beeinflusst, dass sie von Dr. Holländer ein Diktiergerät bekommen haben, um per Aufnahme zu überprüfen, ob die Stimmen wirklich da sind. Vielleicht hilft es ihnen, dass die Diktierbänder immer leer sind, weil es eben nicht reale Stimmen sind, die sie da hören. Bei mir sind angenehme Melodien, die wie Ohrwürmer sind, manchmal stundenlang, manchmal nur Sekunden. Ich soll was auf das Diktiergerät von Jenny sprechen und flüstere einen Albumtitel der Fantastischen Vier: *„Hier ist überall Lauschgift!"* Toby und Matthias fallen vor Lachen fast von den Stühlen.

In mittelalterlichen Städten gab es Narrentürme, fällt mir ein. Da hätte man Menschen wie uns sicher reingetan, damit die offenbar völlig Durchgeknallten wenigstens noch zur Unterhaltung der Masse beitragen.

Ich blicke zum ersten Mal in mein aktuelles Tagebuch und lese, dass ich Weihnachten im vergangen Jahr 72 Stunden am Stück (mein Rekord bis dahin) ohne Schlaf war, trotz Schlaftabletten. Die Pillen, die sie einem in den Apotheken ohne Rezept verkaufen, sind so harmlos, dass man ruhig die ganze Packung schlucken kann und immer noch keinen Schlaf findet. Alles wurde so unwirklich. Ich sah Farbspektren und sich bewegende Kreise, die wohl gar nicht da waren. Wie in *Fight Club* tauchten für Sekundenbruchteile Dinge oder Personen auf, verschwanden aber ebenso schnell wieder. Ich schrieb von unsichtbaren, selbst geschaffenen Gefängnissen *(my own prison)*, obwohl ich doch frei war und meine beste Freundin in T. Besucht hatte. Alles erschien mir wie Querverweise, alles drehte sich um die gleichen Fragen. Ich bin Du bist ich, Fight Club eben. *Insomnia – I can't get no sleep.* Ich schrieb, dass es anders werden müsse, weil ich sonst durchdrehen würde, vor allem die für Sekundenbruchteile erscheinenden Dinge machten mir Sorgen. Ich machte Pläne, *next November we 'll go away, next November, you'll feel no pain.* Das wäre schön. Ich vegetierte nur noch vor mich hin, schlafend oder wach, ohne Sinn und Zukunft. *So lebe ich. Einer von vielen. Kein Einzelfall.*

Ich gehe erstmals im Klinikpark spazieren. Da waren noch viel mehr Gebäude als vermutet, die ich von meinem Zimmerfenster aus nicht sehen konnte. Sie heißen „Altkönig", „Feldberg" und so weiter, sind also nach Landschaften benannt. Und mit so viel mehr Patienten als ich bislang sehen konnte. Ich kann schlecht schätzen, aber es müssten über hundert sein. Wir aber waren im isoliertesten Trakt. Vielleicht nur zu unserem Schutz, ich weiß. Hinter den Tischtennisplatten hatte mein Handy auf einmal wieder Empfang und ich versendete einige SMS an Freunde. Hier würde M. mich also doch erreichen können. Von nun an ging ich täglich fast 2 Stunden im Klinikbereich spazieren, wenn keine Therapie war. Immer im Kreis durch das Gelände, immer die gleiche Strecke, das gleiche Tempo. Ich traf meistens die gleichen Leute, wie in einem Knast hatten wir eben nur zu bestimmten Zeiten Hofgang. Manchmal hörte ich Schlüssel klirren und Schließgeräusche, aber ich sah nie jemanden, der gefängniswärtergleich riesige Schlüsselbunde mit sich herumtrug. Ach nee, ich sei ja nicht eingesperrt, sagten die mir ja. Vernebelt und dämmerig lief ich im Gelände umher, kaum etwas mitbekommend.[13] Wozu war ich hier? Ich hatte doch sterben sollen. Was soll das

---

[13] In meiner Krankenakte hätte hier eigentlich stehen müssen, dass ich fast „sediert" war, aber das geben sie nur ungern zu.

alles hier? Alles in meinem Denken ist so vernebelt, so undurchschaubar, ich aber will Klarheit, um analysieren zu können, was die Ursache war, das geht nicht mit diesem Drogenrausch-Gehirn. Nicht mehr wie ein Kind reglementiert werden, selbst entscheiden! Ich würde die Tavor-Tabletten nicht mehr nehmen, nur dann würde der Nebel aus meiner Sicht verschwinden, nur dann konnte ich klar sehen und vor allem denken.

Der Job bei den „Adlern" damals, er wurde immer schlimmer. Ich lernte die Grundlagen der Buchhaltung und war fortan nur noch damit beschäftigt. Oder ich telefonierte einzelnen „Adlern" hinterher, wann es denn endlich zur konstituierenden Sitzung käme, auf der meine Einstellung abgesegnet werde. Immer kam etwas dazwischen, einzelne vergaßen den Termin schlichtweg oder ich wurde 10 min. vor dem Treffpunkt informiert, dass ein Treffen doch nicht stattfinden könne. Enttäuschung und Wut mussten heruntergeschluckt werden, nur nichts anmerken lassen. Ich entwarf und kopierte Werbe-Flyer für neue Bildungsseminare, ohne die Inhalte zu kennen, da mich niemand informierte, worüber diese Seminare eigentlich gehalten werden sollten. Ich begann, sie alle zu hassen, besonders die mir unterstehende Sekretärin, die alles besser wissen musste und doch keinen blassen Schimmer hatte. Sie konnte nicht mal E-Mails verschicken und am liebsten würde ich ihr kündigen. Kein Treffen kam zustande, ich wartete vergebens und machte meine Buchhaltung. Die Sekretärin begann als erste, mich zu dissen. Ich würde hier nicht hinpassen, auch sei mein Ton der eines Nazioffiziers, auch wenn diese sicherlich nicht immer „bitte" eingeschoben hätten. Die anderen schlossen sich ihr an. Keiner wusste mehr, warum die Wahl nach dem Bewerbungsgespräch ausgerechnet auf mich gefallen war, es hätte doch zahlreiche qualifizierte Mitbewerber gegeben. Es sollte zu einer Aussprache kommen, auf der jedoch nur ich mich verteidigte, von meinen Plänen und möglichen Veränderungen sprach. Ich hatte keinen Anwalt oder jemanden, der mich hier „verteidigte", es gab nicht mal eine Moderation. Sie taten so, als ob sie mir zuhörten, dann hackten sie auf mir herum. Es schien, als sei mein Rausschmiss damals schon beschlossene Sache gewesen und sie warteten jetzt nur auf den günstigsten Zeitpunkt. Klaus baggerte mich an, er hatte sich gerade von seiner Freundin getrennt. Aus Frust, dass er bei mir nicht landen konnte, gab er mir „Strafarbeiten" auf, Belege kontrollieren,

Abrechnungen machen. Ich hätte es wissen müssen, die ganze Zeit, dass es nicht gut enden würde. Ich begann, während meiner Arbeitszeit im Internet nach neuen Jobs zu suchen und hoffte, bald was zu finden und selbst kündigen zu können. Bildungsarbeit hatte ich hier noch nicht eine Sekunde lang betrieben. Gegenüber war das Gebäude des Arbeitsamtes, dessen bedrohliche Arme sich immer weiter nach mir ausstreckten.

Ich darf heute alleine in die Stadt fahren, um Behördenkram zu erledigen. Um mich herum aber sind nur Leute, die kaufen, kaufen, kaufen, als hinge ihre Existenz davon ab. *Ich seh die Leute in den Straßen, Diktatur der Angepassten, in den Städten und den Dörfern leben sie und ihre Lügen. Lassen sich für dumm verkaufen. Ihr habt immer nur weggesehen – es wird immer so weitergehen – gebt endlich auf – es ist vorbei, ihr habt alles falsch gemacht – habt ihr nie drüber nachgedacht? Die Medien helfen ihnen beim dumm sein, ein starker Staat hilft ihnen beim stumm sein. Sie tun so als ob nichts wäre, ich hab genug von ihren Lügen.*
Am meisten kotzen mich diese Anzug- und Schlipsträger in dieser Bankenstadt an, die auf ihre Hochhäusergefängnisse,

ihr Türme und Krater des Kapitals auch noch stolz sind. Sie dominieren das Stadtbild. Alle die gleiche Anzugfarbe, alle die gleichen Krawattenmuster, bloß nicht aus der Masse auffallen. Alle mit ihren Laptop-Köfferchen. Alle die FAZ lesend, alle peinlich berührt, wenn sich jemand in der Bahn mal räuspert oder gar niesen muss.

Junge Menschen sprechen mich plötzlich in der Fußgängerzone an, ob ich nicht auch für Tierschutz bin. Ich unterschreibe irgendetwas. Monate später stellte sich heraus, dass ich dadurch einem Verein beigetreten war, der hohe Beträge von meinem Konto abbuchen konnte und der gar nicht so leicht wieder zu stoppen war. Ich hatte die Kontrolle verloren, auch über mein Geld. Bin ich überhaupt zurechnungsfähig gewesen? Ich sah Menschen in der Innenstadt, die laut mit sich selbst reden, die Löcher in die Luft starren, andere, die sich nicht wie zivilisierte Menschen benehmen (konnten). Wer gehört in Behandlung und wen kann man noch laufen lassen? Ich las von Bankangestellten, die Milliardensummen anderer Menschen einfach so verzockt hatten. Sind die nicht viel gestörter als ich? Die sind aber nicht in Therapie! Die Medien schrieben allmählich von „Krise", Aufschwung, Abschwung. Ist das hier eine riesige Freiluftpsychiatrie? Ich schlafe erschöpft in der U-Bahn ein, die Hohe Mark ist aber die Endstation und ich werde vom Fahrer geweckt.

So liege ich wieder im Klinik-Bett, höre Musik und grübele vor mich hin. 2 Tage lang. Essen brauche ich nicht, es hat auch noch keiner gemerkt, dass ich die Tabletten nicht genommen habe. Die Sicht wird klarer, aber dafür kann ich nicht mehr schlafen. Die Erinnerungssplitter kommen wieder, aber es sind nicht die erwarteten. Ich sehe Kinderfotos von mir vorüberziehen. Was für ein niedliches, wenn auch freches Kind ich doch war. Ich konnte immer weiter fragen, gab niemals Ruhe und wollte pro Tag mindestens drei neue Fähigkeiten und 20 neue Wörter lernen. Meine Mutter war überfordert, mit mir, mit allem, mit einem Kind, das sie nie gewollt oder gar geliebt hatte, für dessen Abtreibung es aber zu spät gewesen ist und gab mich zu Pflegeeltern. Dort waren ältere Kinder, von denen konnte ich jede Menge Neues lernen und sie hatten wunderbares Spielzeug. Ich lernte früh Rollschuhlaufen und mit Boxhandschuhen kämpfen, mit Leuchtschwertern herumfuchteln, Fußballspielen, Teddybärsachen häkeln, Playmobil zusammenbauen, meinen Vornamen schreiben. Wir hatten so viel Spaß. Ich glaube, ich war dort glücklicher als bei meiner Mutter. Aber ich blieb immer nur bis zum

Wochenende, dann holte sie mich wieder zurück. Bald geriet ich durcheinander, wer denn nun eigentlich meine Mutter sei, meine Pflegemama oder die Frau, die mich Freitagabend abholte. Ich habe nie verstanden, warum meine Mutter mich nicht endgültig zur Adoption freigegeben hatte, sie hätte mich wirklich glücklich machen können. Alles wäre vielleicht anders gekommen. Mit der eigenen Vergangenheit kann man so ziemlich alles entschuldigen, schlechte Kindheit halt, na ist ja klar, dass sie so geworden ist. Zu simpel.

Ich liege also im Bett und grübele, warum alles so gekommen ist, wie es kam. Ich habe keine Kausalverbindungen herstellen können. Da ist soviel Schmerz und zugleich eine unendliche Leere in mir, dass ich es kaum formulieren kann. Alles war mir einfach über den Kopf gewachsen und überforderte mich: Die verlorene Arbeit, die krampfhafte Wohnungssuche zuvor, die neue fremde Stadt, die finanziellen Sorgen, die fehlenden Sozialkontakte. Vielleicht keine kausale Verbindung, sondern ein Bündel von möglichen Auslösern. Alles verschwimmt im Nebel. Und in meinem Kopf ist ein

Presslufthammer daueraktiv. 11 auf der nach oben offenen Richterskala.

Warum wurde ich nicht endlich von all dem hier erlöst? Warum kam mein Liebster nur nicht? War er wieder auf Tour oder im Studio? Ich vermisste ihn so unendlich. Der einzige Mensch, der mir helfen können würde, das war er.

Noch mehr Tretminen: Mit 3 Jahren wollte ich Feuerwehrmann werden. Meine Mutter sagte, dass das gar nicht ginge, weil ich ein Mädchen sei.

Mit 5 wollte ich Ärztin werden, meine Mutter sagte, dass ich dazu nicht intelligent genug sei, ich sei ein Kind der Arbeiterklasse, und studieren käme gar nicht in Frage.

Mit 7 wollte ich Lehrerin werden, meine Mutter sagte, dass ich die Hauptschule machen und ein Handwerk lernen solle, das genüge. Mädchen würden sowieso heiraten, die bräuchten keinen Beruf, die kriegten ja Kinder.

Mit 10 wollte ich Regisseurin werden, aber meine Mutter wollte mich nicht mal aufs Gymnasium schicken, so quälte ich mich durch die Orientierungsstufe. Jede Woche bekam ich einen Brief mit nach Hause. Ich dachte, dass da was ganz Schlimmes drinsteht, weil meine Mutter immer so wütend wurde, wenn sie den las. Also öffnete ich heimlich einen. Da war die Rede davon, dass ich eine „dringende Empfehlung" für das Gymnasium bekommen habe und sogar ein Stipendium für die örtliche Privatschule erhielt. Ich fragte die Eltern anderer Kinder, was ein Stipendium sei. Ich verstand zwar nicht, warum man für Bildung bezahlen soll (das verstehe ich bis heute nicht!), aber aufs Gymnasium wollte ich schon allein wegen meiner Freundinnen, die alle zum Gymnasium gingen. Die Lehrer kamen mehrfach abends zu uns nach Hause, um meine Mutter zu überreden. Irgendwann gab sie nach und ich durfte endlich zum Gymnasium.

Mit 12 wollte ich Journalistin werden. Ich schrieb für die Schülerzeitung und manchmal sogar für die Lokalpresse.

Mit 14 wollte ich Literaturkritikerin werden, meine Mutter sagte, ich könne Buchhändlerin werden, das reiche. Mädchen bräuchten nicht so viel Bildung.

Mit 15 wollte ich Druckerin werden. Wenn die Revolution kommt, dann brauchen wir Drucker, um neue Flugblätter zu drucken. Meine Mutter war zufrieden, endlich mal was Bodenständiges. Ich bekam sogar eine Lehrstelle und verbrachte exakt einen Tag dort. Nach wenigen Stunden schon hatte ich rötlich-juckenden Ausschlag im Gesicht und am ganzen Körper und rang nach Luft, im Krankenhaus stellten sie ausgerechnet eine Druckerschwärze-Allergie fest. So much for working class hero. Also ging ich doch wieder aufs Gymnasium. Mit 18 wollte ich Psychologin werden, um den Tod meines Vaters zu verstehen und fing das Studium an, wechselte allerdings nach ein Paar Semestern das Studienfach. Aber tief in meinem Herzen bin ich dreijährig geblieben: ich werde das Unmögliche schaffen, egal was andere sagen: und ich werde doch Feuerwehrmann!

Die Schwester hat mein Tablettenversteck entdeckt und macht mir eine riesige Szene. Beim Einnehmen müssen nämlich alle der Reihe nach ins Schwesternzimmer kommen und vor deren Augen die Tabletten runterwürgen, anschließend den Mund öffnen und die Zunge inspizieren lassen. Ich war aber cleverer. Ich hatte die kleine hellblaue Tavor-Kugel in einer hinteren Zahnlücke versteckt und die Zunge darüber gelegt. In meinem Zimmer hatte ich sie dann in einem Gläschen gesammelt. Wozu eigentlich? Ich hätte sie gleich in der Toilette runterspülen sollen. Die Schwester kreischt vor der versammelten Station herum und predigt, dass wir alle doch schön brav unsere Tabletten nehmen sollen, dann würden wir hier auch wieder rauskommen. Sie versteht natürlich nicht, dass es kein Leben ist, nur im Nebel dämmernd im Bett zu liegen, nichts mehr mitzubekommen, keinen klaren Gedanken mehr fassen zu können, nur noch wirres Zeug zu stammeln, unkonzentriert zu sein, die Umwelt kaum mehr wahrzunehmen, mit wackligen Knien herumzulaufen, nur den Dunst zu sehen und dafür nicht einmal mehr Tränen zu haben. Wie sollte sie auch verstehen, sie muss die Scheiße ja nicht fressen! *Ich will nicht in eurer Logik leben, nicht so als ob ich einverstanden wäre.* Vielleicht habe ich die Tabletten gesammelt, um sie ihr überfallartig gewaltsam einzuflößen? Jeder Arzt sollte seine verordneten Medikamente mal an sich selbst testen, jede Schwester mal die Wirkung kennen lernen. PRACTISE WHAT YOU PREACH!

Toby erzählt mir von seiner Überzeugung, dass ihm jemand einen Gehirnchip eingepflanzt habe, der nun seine Gedanken bestimmt und die Wahrnehmung steuert. Der Chip befehle ihm regelrecht, was zu tun sei. Deshalb habe er gestern die Scheibe zum Schwesternzimmer zerschmettert, deshalb habe er Graffiti an die Turnhalle gesprüht, deshalb umgarne er Dorit. Toby fragt, ob ich auch einen Gehirnchip habe und ob ich nicht zwischen ihm und Dorit vermitteln könnte. Ich bin beeindruckt von dieser neuen Idee des Chips und sage, dass ich darüber nachdenken müsse, wenn es mal nicht so neblig sei. Gehirnchip... In archaischen Gesellschaften hielt man solche Menschen wohl eher für vom Teufel besessen. Die sind dann nicht „sie selbst", sondern handeln auf Direktive eines Satans. Fragt sich nur, wer denn eigentlich der Dämon ist. Kann man vom Widersacher Gottes besessen sein, wenn man nicht an einen Gott glaubt? Ich beruhige Toby. Und Dorit, ja, die könne ich mal ausfragen, was sie von ihm halte. Ich bin für alle Menschen auf dieser Station verantwortlich. Sie alle klagen mir ihr Leid. Ich lebe mitten unter ihnen und sie beeinflussen mich. Und ich will doch die Welt retten. Toby sagt, dass Gott nur die Naiven schütze. Und die, die ihre Pillen nehmen. Ja, vielleicht stimmt das sogar. Ein Siebzehnjähriger erklärt mir die Welt. Ich werde die Tabletten wieder nehmen, mir bleibt ja gar nichts anderes übrig.

Visite. Da kommen zehn Weißkittel ins Zimmer. Ich will weiß zu weiß geben und ziehe vor deren Augen ein weißes Shirt an, lege mich ins Bett und zupfe die weiße Bettdecke bis ans Kinn. Ich will alles schön machen, nur keine neuen Verdachtsmomente liefern, nur keine neuen Vorwände liefern. Ich bin eine gute Patientin. Ich weiß, dass eine Verschwörung gegen mich läuft, und der will ich nicht noch neue Nahrung geben. Ich will einfach perfekt sein. Dr. Holländer muss lachen, als ich auf die Frage erwidere, wie es mir heute gehe: „Weiß zu weiß, gute Patientin". Jetzt lachen mich sogar schon die Weißkittel aus.

Ich beginne wieder zu lesen, aber das gestaltet sich schwieriger als gedacht, die Buchstaben tanzen und verschwimmen vor meinen Augen, die Worte bilden keine erkennbaren Sätze. Einen Satz muss ich drei- bis fünfmal lesen, bevor ich ihn verstehe, und dann habe ich den vorherigen Satz schon wieder vergessen. Absätze bilden keine Einheiten, Kapitel sind nur Barrieren. Aber ich lese weiter, manches Buch bis zu dreimal, um es letztendlich doch nicht zu verstehen. Lesen war immer etwas Wichtiges für mich, das können sie mir nicht nehmen. Das dürfen sie mir nicht nehmen. Mühsam nährt sich das Eichhörnchen.

4. Der Nebel lichtet sich

Das Tavor wurde nach der Ewigkeit von vier Wochen reduziert, dafür bekomme ich jetzt dreimal täglich gelbe

Pillchen zusätzlich. Der Nebel ist jetzt mehr so dicht, sondern eher wie eine vorübergleitende Wolke von Zeit zu Zeit, wie ich es mal in einer katholischen Kirche mit dem Weihrauch erlebt hatte, leicht benommen machend, aber nach einer Weile kann man wieder klar sehen, bis die nächste Weihrauch-Attacke kommt. Bin irgendwie fitter dadurch, schaffe es besser, nicht immer nur zu dämmern oder zu schlafen. Ich bekomme so eine Art Stundenplan mit Tabelle und Kürzeln, soll verschiedene Aktivitäten besuchen und abzeichnen lassen, dass ich dort war. Neben dem Sport gibt es Kunsttherapie, in der ich wie eine Dreijährige vorgezeichnete Mandalas bunt ausmale, dann fröhliche Motive auf Baumwoll-Einkaufs-Taschen farbig gestalte und zuletzt eine handwerkliche Holzarbeit beginne. Der Therapeut ist sehr nett und lobt ununterbrochen. Der fragt mich wenigstens nicht aus, er fördert nur. Wozu ich das hier mache, das begreife ich allerdings nicht.

Mein aktuelles Tagebuch fällt mir in die Hände und ich blättere zurück, die Zeit vor dem Zusammenbruch war ein einziges Chaos. Ich wurde im Dezember gekündigt, war arbeitslos und damit komplett überfordert, stellte alles, mich und meine gesamte Existenz in Frage. Oskar Negt beschreibt, dass *„die Trennung vom Erwerbsarbeitsplatz in der erdrückenden Mehrzahl der Fälle von den Betroffenen selbst als Gewaltakt empfunden [wird]."*[14] Genau so empfand ich es, als pure Gewalt, die mir durch die Kündigung angetan wurde. Mein Raum-Zeit-Gefüge, meine sozialen Verhältnisse, alles wurde mit Gewalt von außen verändert, mir zerbröckelte der feste Boden unter den Füßen. Mir wurde klar, dass es damals die definitiv falsche Entscheidung gewesen war, von H. nach F. zu gehen um bei den „Adlern" zu arbeiten, aber dass dieser Umzug und diese Entscheidung definitiv irreversibel war. Ich hätte in H. ein Stipendium für einen Aufbaustudiengang antreten können, das mir überraschend gewährt wurde, aber ich entschied mich für die Praxis als Bildungsreferentin eines Jugendverbandes, der schon Dreijährige regelrecht indoktriniert. Wie viele falsche Entscheidungen trifft ein Mensch in seinem Leben? Warum lernen wir nicht daraus, sondern leben offenbar nach dem trial-and-error-Prinzip? Und: Was ist Gottes Plan mit mir? Würde ich je wieder so eine Chance bekommen? Ich fühle mich betrogen, um das gute Leben, nein um das Leben generell, das ich hätte haben können, aber nicht bekam. Sich betrogen fühlen, um das,

---

[14] Oskar Negt: „Arbeit und menschliche Würde", Göttingen 2001, S. 255.

was einem qua Menschsein zustand, und nur der Trost auf eine mögliche neue Chance ließ es mich ertragen. Aber wann kommt die? Und schlimmer noch: Kommt die jemals und was, wenn eben nicht?

Im Dezember waren meine Schlafstörungen immer massiver geworden. Und ich hatte den Eindruck, dass ich gottgleich war, weil alles, was ich aussprach, auch wirklich zu passieren schien. Wenn ich sagte, dass gleich die Kirchturmuhr schlagen würde, tat sie es wirklich. Wenn ich sagte, der Radfahrer vor meinem Haus werde gleich stürzen, da fiel er schon hin. Prügelte ich mich nicht schon längst mit Gott? Ich dachte viel über Vulnerabilität und Prädispositionen nach und verfluchte diese Scheißempfänglichkeit für düstere Gedanken. Lachen und Weinen lagen jetzt im schnellen Wechsel. Ich durchblickte die Welt nicht mehr. In meinem Tagebuch wimmelt es nur so vor Chaos, spiegelt auch hier mein Ich wider. Wie sortiert man Gedanken?

Die „Adler" machten wirklichen Psychoterror mit mir, stellten mir manchmal in der Wohnung und im Büro Strom oder Wasser ab, drohten mir auf Zetteln, machten

Telefonterror, anrufen und auflegen, und klauten die Post. Was wollten die von mir? Oder vielmehr, was wollten die mit mir machen? Wohin sollte das führen? Das war kein Test mehr, wie stressresistent ich sein würde, das war reiner Terror, Psychoterror. Später hörte ich das erste Mal das Wort „Mobbing" dafür. Einer in der Belegschaft fängt aus nichtigen oder unerklärlichen Gründen an, der Rest schweigt oder macht mit. Bis sie dich soweit haben, dass du kündigst oder es eben aushältst, bis sie dir kündigen, da gab es keine andere Lösung. Und da war niemand, der mir geholfen hätte, ich war denen auf Gedeih und Verderb ausgeliefert. *Das ist die Front, die sich Leben nennt.*

Freitags steht hier Wandern auf dem Programm. Ich hasse Wandern. Ich musste als Kind immer schnellen Schrittes hinter meiner Mutter herwandern, nein –laufen. Irgendwelche Berge hoch und wieder runter, ohne Pause, nicht mal um die Aussicht zu genießen, absolut sinnlos. Wenn ich etwas am Weg hätte ansehen oder berühren wollen, wurde gleich gemahnt, gemeckert und zum Weitergehen gedrängt. Am schlimmsten war es, wenn während des Gehens auch noch gesungen werden sollte. Mir war immer die Luft vom Hinterherhetzen knapp und den wenigen Atem sollte ich nun auch noch singend herauslassen? „Du singst ja gar nicht mit" – „nichts anfassen, wir gehen weiter" – „jetzt komm doch endlich". So hörte ich innerlich Mutters passiv-aggressive Stimme. Wie sehr einem die Kindheit alles vermiesen kann. Jetzt und hier war ich die Einzige der Station, die mitwandern sollte. Warum eigentlich? Ja, ich bin hier um zu lernen, erinnerte ich mich an meine eigenen Gedanken.

Also ging ich stillschweigend mit. Das Tempo war angenehm, man hätte sich sogar noch unterhalten können, wenn man jemanden gekannt oder angesprochen hätte. Und ich bemerkte schnell, dass es sich um einen Rundweg handelte, mit klarem Ziel, mit Steigungen und Bergab-Strecken, mit interessanten Dingen zum Sehen und Anfassen. Und vor allem: die gute Luft. Hier roch nichts nach Gas. Hier war Natur pur. Wald und Erde. Ich nahm die unterschiedlichen Grün- und Brauntöne wahr, ich streichelte Borke und Rinde, roch an Blumen und Pilzen. Tränen liefen mir an den Wangen herunter, und ich wusste nicht, ob sie gräserallergiebedingt waren oder nicht. Der Wald lag zwar im Medikamenten-Nebel, aber ich konnte Lichtungen erkennen und fand den Weg.

Nächste Woche soll es zu einer antiken Römersiedlung gehen, um die man einen didaktischen Lehrpfad errichtet habe. Ich war die erste, die sich dafür anmeldete.

Mir fiel wieder ein, dass ich im Dezember in Berlin gewesen bin, bei Freunden übernachtet hatte, aber eigentlich auf eine wissenschaftliche Konferenz fuhr, auf der ich einen Vortrag halten sollte. Ich hatte Angst davor, wie noch nie in meinem Leben zuvor. Sämtliche wichtigen und hochrangigen Leute, die mir potentiell einen Job geben oder aber meine wissenschaftliche Karriere fördern könnten, erwarteten mich dort. Ich schlief zwei Nächte vorher nicht. Ich hatte mich gut vorbereitet, wollte aber dennoch frei sprechen und hatte nur Stichworte notiert. In Berlin schlief ich auch nicht, hatte stattdessen vor meinen Freunden regelrechte Heulkrämpfe, danach Apathie. Am Tagungsort angekommen traf ich meinen „Diplomvater" und meinen früheren Chef in H. an. Beide sahen mich verstört an und fragten, ob es mir gut gehe. Der Anfang der Tagung bestand für mich nur in Zuhören und Bewundern. Mein „Diplomvater" stellte ganz routiniert seine 25jahrelange Forschung in 30 Minuten dar, und das perfekt auf den Punkt gebracht. Er sprach abends sehr vertraulich mit mir, und gab mir als Denkanstoß mit, dass manchmal Leute nicht eingestellt werden, weil sie zu gut seien, weil sie den Verteilungskampf und damit verbundene Hierarchien umdrehen würden. Zu gut? Ich hatte Angst vor Größenwahn. Was war denn bloß los mit dieser Welt? Ich schlief wieder nicht, stand alle fünf Minuten auf und veränderte etwas an meinen Vortragsstichpunkten. Dann der große Tag. Ich hatte Angst, körperlich ob des fehlenden Schlafes zusammenzubrechen. Ich begann und merkte, dass Tränen meine Wangen entlang kullerten, einfach so. Ich stotterte, ich verstieg mich in Details, wurde hektisch. Ich wurde zur Zeiteinhaltung ermahnt. Dann meine Stichpunkte, referiert mit aufgelegten Folien, Grafiken, Zitaten. Kaum Nachfragen. Ein Direktor sprach jedoch lobend vom „Goral-Modell". Der nachfolgende Referent begann mit den Worten „wie wir an diesem pathologischen Fall sehen..." und ich begriff gar nicht, dass ich gemeint war. Er verdrehte Beispiele und verurteilte. Der Typ nutzt später in seinem Vortrag MEINE Thesen, nur genau gegenläufig interpretiert und wurde persönlich angreifend. Er zitierte mich nicht, er bediente sich. Er übernahm sogar MEINE Daten und gab sie als die seinen aus, der hatte sogar einen Doktortitel dafür bekommen! Er hatte bei MIR abgeschrieben und wollte nun die Lorbeeren einheimsen. Er hatte schlichtweg geklaut.[15] Bei der anschließenden Diskussion meldete ich mich und bekundete Unglauben über seine Thesenauslegung, bezweifelte seine Wissenschaftlichkeit. Er lamentierte, dass mich aufgrund meiner Forschungsmethode doch sowieso niemand mehr ernst nehmen würde. Er beleidigte mich und grinste und ich blieb sprachlos. Aus dem Plenum keine Widerworte, spätestens jetzt zeigte sich, wer die wahren Zuschauer waren – Männer, die zusammenhielten… Man muss wohl damit leben, so laufen also Diskurse. Ich hatte es verbockt, die Chancen vertan, das spürte ich. Mir blieb nur das Schweigen und die unterdrückte Wut. In mir brodelte es, ich will auch promovieren und dieses Arschloch ein für allemal widerlegen. Ohne vorher die gelbe gezeigt zu bekommen, wurde ich auf dieser Tagung per roter Karte vom Feld geschickt. Raus aus dem Forschungsfeld. Das war das wirkliche AUS.

Ich hatte zu diesem ganzen Vorfall nur ein Wort in mein Tagebuch notiert: „Seelen-Aus". Warum erinnerte ich mich

---

[15] Vermutlich meinte ich dieses Negativ-Ereignis, als ich bei meinen ersten Gesprächen in der Klinik den Ärzten gegenüber von „gestohlenen Gedanken" und „dem Typ, der meine Gedanken klaute" sprach. Dieser Mensch existiert übrigens real und hat wörtlich aus meinen Schriften übernommen, ohne sie als Zitat zu kennzeichnen und ist dafür bisher nie zur Rechenschaft gezogen worden. Andere Menschen verlieren wegen solcher Plagiate ihren Doktortitel….

plötzlich so deutlich an diesen Tag und die folgenden Nächte voller Tränen, Schlaflosigkeit und Pein? Weil es das Ende war…? Es war auf jeden Fall viel zu viel für mich und mein geschundenes Seelenhäufchen.

Und der Nebel lichtet sich tatsächlich ein wenig. Die neuen Tabletten wirken anders. Ich kann wieder klarer denken und die Erinnerung wird besser. Das Lesen funktioniert dahingehend, dass ich die Sätze nur noch einmal lesen muss, sie mir besser merken kann und auch die Kapitel besser voneinander trennen kann. Das Kopfrattern wurde weniger, alles sinnhafter.

Die wichtigste Erkenntnis: Ich bin mir nunmehr sicher, in dieser Klinik nicht verfolgt zu werden und sie wollen mich auch nicht umbringen. Die ganzen Weißkittel wollen mir wirklich helfen und mich nicht ermorden. Die wollen nur mein Bestes, die stehen echt auf meiner Seite, das habe ich jetzt erst kapiert. Nach wie vielen Wochen?

Mein Liebster M. hatte mich damals angerempelt, auf dem ersten Konzert seiner neuen Band in ihrem Proberaum, tausende Stufen über der Stadt, 2001 oder doch schon 2002, jedenfalls habe ich gerade Diplom geschrieben und jegliches Zeitgefühl verloren, weil ich nur nachts lernte und schrieb. Tausende Stufen also. Als ich oben ankam, musste ich „Wow" sagen, so schön war dieser Raum, in dem er Stunden verbrachte. Ich wollte gerade meine Jacke ausziehen, als er plötzlich hinter mir stand und mich unabsichtlich im Gedränge anrempelte. Er entschuldigte sich sofort. Ich mich auch. Unsere Unterarme berührten sich und irgendjemand von uns muss elektrisch aufgeladen gewesen sein, jedenfalls durchzuckte uns beide ein Stromschlag. Wir sahen uns in die Augen und mussten beide gleichzeitig anfangen zu lachen. Ein wunderbarer Moment, unvergesslich. Dass er an diesem Tag eine andere Frau küsste, muss ich wohl verdrängt haben, obwohl ich es deutlich gesehen habe.

Ich bin in meinem Klinikzimmer tagsüber mehr wach und dämmere auch nicht mehr so vor mich hin, ich habe begonnen richtige Bücher zu lesen und puzzele. Ausgerechnet ein Blumenmotiv mit 1000 Teilen habe ich mir ausgesucht. Ich muss mich wirklich konzentrieren und schaffe pro Tag vielleicht 50 Teile unterzubringen. Dabei habe ich doch noch ganz andere Puzzles zusammenzusetzen, die meiner Vergangenheit, die meiner Krankengeschichte, die meines Vaters. Dagegen ist das Blumenpuzzle ein Kinderspiel. Als ich das Puzzle nach Wochen abschließe und fotografiere, ist die Schwester stolz auf mich und lobt mich, nur ich komme mir vor wie in einer Behindertenwerkstatt.

Der Job, er wurde damals immer schlimmer. Ich musste die „Adler" auf Tagungen repräsentieren und wurde von allen nur mitleidig belächelt. Ich hatte mich an die zuständige obere Behörde auf Landesebene gewandt, weil die den „Adlern" viel Geld auszahlten. Ich deutete an, dass Gelder nicht zweckgebunden verwendet werden, sondern sich einige daran privat bereicherten. Ich beklagte mich über das Mobbing und die nicht stattfindende Bildungsarbeit. Eine Frau versprach, sich darum zu kümmern. Ich hatte deren Vetternwirtschaft nicht gekannt, wusste nicht, dass Frau die mit dem Obermacker der „Adler" per Du war und sich bei ihm über mich beschweren würde. Mich erwartete eine Gardinenpredigt am Arbeitsplatz. Als ich meinen Standpunkt verdeutlichte, sagte der Obermacker, ich könne ja gehen, wenn es mir nicht passe. Ich hatte da aber noch die Hoffnung, durch meine power den gesamten Laden umkrempeln zu können. Ich hatte mich überschätzt. Auf einer Fortbildung bekam ich nebenbei am Kaffeetisch von anderen Jugendverbänden per mündlicher Holzhammermethode mit, dass ich bei den „Adlern" die nunmehr siebte Bildungsreferentin innerhalb von 5 Jahren sei. Ich schluckte, ich wusste das zuvor nicht. Durchlauferhitzer, das wäre ein passendes Wort für diese Stelle gewesen. Das Mobbing übertrug sich auch auf meine Wohnung, über der ja auch „Adler" wohnten. Ich war nirgends mehr vor ihnen sicher. Eines Tages betraten sie zu zweit das Büro und wollten mich sprechen. Ich berichtete, dass ich in Abrechnungen diverse Fehler gefunden hatte und dass € 5000,- fehlten. Sie grinsten nur. Dann sprachen sie von sofortiger Kündigung, baten mich um die Schlüssel und sagten, ich solle meine persönlichen Sachen packen. Es war November. Und innerlich war ich in dieser Sekunde froh und dankbar über die Kündigung. Okay, ich war nun wieder arbeitslos, aber ich war frei und wurde nicht mehr von denen gedemütigt. Glaubte ich zumindest. Dabei ging es unbemerkt weiter.

Ich erinnere Szenen vor dem Zusammenbruch im Februar. Da ging ich zum Arbeitsamt, weil ich dachte, man müsse sich wie in H. alle drei Monate melden, sonst würde einem das Geld gesperrt. Ich wartete mit anderen Leuten vor einer Bürotür und dabei zählte ich auf Hebräisch leise vor mich hin, kam aber immer nur bis 10, 11 fiel mir partout nicht ein. Ich malte dann das hebräische Alphabet auf einen Antrag und fragte Mitwartende, ob sie wüssten, was nach „kaf" komme. Angesehen wurde ich wie ein alien. Als ich endlich drankam, sagte die Sachbearbeiterin, dass ich mich nur alle halbe Jahre melden müsse und schickte mich weg, ohne meine Fragen nach möglichen Stellen, Fort- oder Weiterbildung zu beachten. Außerdem hätten sie bei der Mietenberechnung einen Fehler gemacht und zogen mir nun noch monatlich €40 ab. Die größten Arschlöcher dieser Republik sitzen in gutdotierten Posten beim Arbeitsamt und betrachten uns als Fälle.

Ich erinnerte mich auch, dass ich die „Adler" irgendwann anonym wegen Steuerhinterziehung und Veruntreuung öffentlicher Gelder angezeigt hatte. Die haben Seminare durch mich abrechnen lassen wollen, die nie stattgefunden haben, um Gelder einsacken zu können, die aus Steuereinnahmen stammen und eigentlich zweckgebunden in Bildungsarbeit fließen sollten. Ich hatte mich geweigert, so was zu tun. Das hätte ich moralisch nicht verantworten können. In den Unterlagen sah ich aber, dass es so jahrelange Praxis der „Adler" gewesen ist. Das waren Beträge, die in die Hunderttausende gingen, eine Veruntreuung im ganz großen Stil. Also zeigte ich sie später anonym an. Vielleicht war das der entscheidende Fehler gewesen. Die wollten unter sich sein und schön Gelder verzocken, die ihnen gar nicht gehörten. Aber da war eh schon alles egal.

In der Klinik bemerke ich, dass mein Geld zur Neige geht, als ich Schokolade kaufen will. Eine Betreuerin nimmt mich freundlicherweise per Auto mit zu einem Geldautomaten in O., doch vor dem Automaten stehe ich wie versteinert, weil ich mich überhaupt nicht an die PIN-Nummer erinnern kann. Schöne Scheiße. Aber wenn ich mich nicht mal mehr an meinen Namen erinnert hatte, wie hätte ich mir da einen Zahlencode merken sollen? Stattdessen fällt mir ein, dass ich vor dem high noon irgendwo in F. mein Fahrrad abgestellt und angeschlossen habe, ich weiß aber nicht mehr wo. Wie gut, dass es nur ein Rad ist, schlimmer wäre ein Auto gewesen, an dessen Kennzeichen ich mich nicht mehr erinnerte. Ich weiß aber, dass ich kein Auto habe. Wir fahren zur Bankfiliale und beantragen eine neue PIN, damit ich wieder an mein Geld komme. Alles ist so anstrengend für mich, der Kopfschmerz macht mich noch wahnsinnig.

Zurück auf Station knöpfe ich mir den Eskimo vor, weil der gestern einfach so mein fertiges Puzzle kaputtgemacht hat. Der Eskimo ist eine Frau um die 50, die mehrere Pullover und Jacken übereinander gezogen hat und drei Mützen und Schals trägt, obwohl man auf der Station bei der extremen Heizungswärme eigentlich im T-Shirt rumlaufen kann. Sie murmelt unverständliches Zeugs und will sich nicht zu dem Puzzle äußern. Die Schwester sagt, es sei ihr wohl nicht bewusst, das sie was kaputtgemacht habe, ich solle verzeihen. Der Eskimo sagt was von katholischer Schuld, worüber ich lachen muss. Die Schwester schickt mich ins Zimmer.

Ich fange das Stricken an, Babyklamotten für die neugeborene Tochter eines Freundes. Alle bewundern meine süßen, kleinen Babysocken, die weiblichen Patienten wollen, dass ich ihnen das Sockenstricken beibringe. Ich bin auch zum Lehren hier, also los.[16] Sybille stellt sich sehr

---

[16] Was ich aus heutiger Sicht als Rückeroberung sozialer Verhaltensweisen deute, wird in meiner Patientenakte lapidar mit den Worten „sie kann sich nur schwer gegen Mitpatienten abgrenzen"

geschickt an und kann schon sehr bald alleine Socken stricken. Wir brauchen mehr Wolle, wissen aber nicht, wo wir die kaufen können. Ich stricke eine Babymütze, die aber misslingt und so groß wird, dass sie mir selbst passt. Ich sticke das hebräische „Chaij" darauf und trage sie fortan einfach selbst. Dietmar nennt mich deshalb Lilakäppchen. Ein Lilakäppchen, das sich trotz allem für das Leben entschieden hat.

Valentinstag. Ich warte auf Nachricht von meinem Romeo. Spätestens heute würde er kommen, hatte ich allen gesagt. Er wird mich auch hier finden, dessen bin ich sicher. Auch wenn mein Handy in dieser Einöde keine Netzverbindung hat, es gibt ja die Telefonanlage. Bei jedem Klingeln schrecke ich hoch und wanke den Gang entlang, aber jedes Mal ist das Gespräch für jemand anderen. Ich will E-Mails checken und muss mir auch das erst genehmigen lassen. Für alles, was ich aus freiem Willen tun möchte, brauche ich Genehmigungen. Zum Gebäude der „Arbeitstherapie" werde ich geschickt. Kann Arbeit Therapie sein? Muss sie es in meinem Fall sogar sein? Ich muss Anträge unterschreiben, um dort die PCs nutzen zu können. Endlich im Internetraum

---

abgetan.

105

angelangt grübele ich, ob mir die Passwörter wieder einfallen werden. Ich probiere dann einfach mehrere aus, die ich immer benutze, und gelange tatsächlich in meine Mailbox. 248 Mails, aber da ist keine Nachricht von ihm. Er scheint mich nicht einmal gesucht zu haben....

Zurück auf Station erwarte ich den Briefträger, aber auch der hat nichts für mich. Ein Rosenlieferant kommt, aber ich merke an der Karte, dass die doch nicht für mich sind. Enttäuscht und verärgert gehe ich in mein Zimmer. Dort durchwühle ich meine mitgebrachten Zettel solange, bis ich einen Briefentwurf an meinen geliebten M. finde.

Es ist wohl bei diesem Entwurf geblieben, ich weiß es nicht mehr, ob ich etwas abgeschickt hatte. Ich wollte ihm Fragen stellen, die er mir vielleicht auch nicht beantworten würde können, aber über die ich gern mit ihm diskutiert hätte. Ich wollte ihn z.B. fragen, wie man anderen erklärt oder gestikuliert, dass man am meisten über sich selbst lacht. Und ihn um eine prägnante Aussage darüber bitten, dass man Gutmenschen auch scheiße findet, aber trotzdem Werte, Moral, Prinzipien hat. Wie soll man diese Werte ausdrücken, wie tut er es? Ihn fragen, was ich tun soll, wenn ich gern mindestens ein Tattoo hätte, aber gegen die

Tätowierfarben allergisch bin. Haben wir nicht alle Tattoos in Form von Narben, die uns an vergangene Zeiten erinnern? Wenn ich in den Spiegel schaue, sehe ich all die gedanklich designten Tattoos an mir, die aber sonst niemand sehen kann. Ihn fragen, warum er sein Studium nicht wie ich mit Abschluss beendet hat. Ihn fragen, ob er wirklich so ist wie in seinen grandiosen Texten. Ihm sagen, dass auch er die Selbstakzeptanz noch lernen muss, wir sind alle nicht perfekt. Ihm zuletzt noch von den mich verfolgenden Dingen erzählen, so von den Katzen, die im Stadtteil immer hinter mir herliefen, von den Ausstellungen, die in meiner ursprünglichen Stadt gezeigt wurden und mich nun in die neue Stadt verfolgt hätten. Ihm sagen, dass Dogville letztlich überall sein könne. Kein Liebesbrief. Ich habe nie einen an ihn geschrieben.

Matthias überredet mich, mit ihm ins Dorf hinunterzulaufen, um dort Schokolade einzukaufen und Kaffee zu trinken. Nach so vielen gemeinsamen Zigaretten kennen wir nun schon fast den gesamten Lebenslauf des anderen, die Symptome und Krankheitsbilder, wir sind wie enge Vertraute. Wir unterhalten uns beim Laufen und kommen auf sensible und intensive Themen. Matthias fragt mich irgendwann sehr direkt, wie mein M. sich denn bei mir melden solle, wenn er gar nichts von mir wisse. Der Holzhammer, Matthias benutzt ihn und er hat Recht, ich habe es M. nie gesagt. Ich saß monatelang neben ihm an der Uni in H., ich war in Arbeitsgruppen mit ihm, ich ging zu seinen Konzerten seit 1993, ich sah ihn oft in H., doch er beachtete mich gar nicht. Würde er überhaupt wissen, dass ich existiere? Ich hatte irgendwie gehofft, er würde von selbst darauf kommen, dass wir Seelenverwandte sind. Sagen lässt sich so was nicht, ohne kitschig zu klingen. Ich wollte gefunden werden. Ich hätte es ihm sagen müssen, damals, als wir zusammen studiert hatten. Damals, als wir nebeneinander in Seminargruppen gesessen haben. Damals, als ich ihm ein Prüfungsthema vorschlug und einen klasse Bandnamen. Damals, als er depressiv alleine zu anderen Konzerten ging und mich traurig anblickte. Ich hätte es ihm damals sagen müssen, dass er the one and only für mich ist. Aber ich hatte es ihm nie gesagt.... Eine Illusion zerplatzte bei Kreppel und Cappuccino. Auf dem Rückweg schweige ich. Der Weg ist neblig und trüb-dunstig, aber die Sicht brutal aufgeklärt. Er kommt nicht. Und er wird niemals kommen. Ich würde es ihm sagen müssen, irgendwie, irgendwo, irgendwann. Und dann würde es schon zu spät sein, definitiv, denn jetzt ist er ein populärer Rockstar.

Ich entdecke, dass man die Telefonanlage beim Sofa wirklich frei mit Münzgeld benutzen kann und rufe eine gute Freundin in Berlin an. Ich versuche, ihr meine Diagnose klarzumachen: das S- Wort. Sie versteht es genauso wenig wie ich selbst. Als ich vom Klinikalltag erzähle, merke ich, wie mir ein warmer Strahl das Hosenbein hinunterläuft. Ich stehe also in dieser Telefonecke und habe gar nicht gemerkt, dass ich mir in die Hose gepinkelt habe. Ich fühle mich wie ein Dreijähriges. Sie versucht mich zu beruhigen. Ich solle erst mal abwarten und in der Klinik bleiben, vielleicht würde sich die Diagnose ja noch aufklären. Sie verspricht mir zu schreiben und wünscht mir Glück und Tapferkeit, das alles durchzustehen. Im Schwesternzimmer werde ich auf die Waage gebeten. Ohne wesentlich mehr als sonst gegessen zu haben, wiege ich nun 5 Kilo mehr, mein Hosenknopf geht gerade noch so zu. Ich beschwere mich darüber, dass ich offenbar keinen Blasendruck mehr verspüre und deshalb unkontrolliert pinkele. Die Schwester meint, das seien die Nebenwirkungen: Blasenschwäche und rasante

Gewichtszunahme. Wenn ich gesund werden wolle, müsse ich das in Kauf nehmen. Was tut man nicht alles...

Beschäftigungen im Raucherzimmer, der elendig-stinkenden Glasbude: Matthias und Bernd fangen einen Witzewettbewerb an. Wer kann die heftigsten, sarkastischsten oder fiesesten politisch unkorrekten Witze erzählen. Wir versuchen uns gegenseitig zu übertrumpfen, sitzen den halben Tag im Raucherzimmer und kommen aus dem Lachen nicht mehr heraus. Überhaupt besteht unser derzeitiger Lebenssinn darin, meistens über uns selbst Witze zu machen. Hinkelotta sorgt durch nasse Hosen immer mehr für Erheiterung, kann aber auch klasse antireligiöse Witze erzählen. Einer der Lieblingswitze meiner jüdischen, aber nichtreligiösen Oma war beispielsweise: Kommt ein Jude von der Synagoge zurück nach Hause, seine Frau fragt ihn, was es Neues gäbe. Er antwortet, dass der Messias gekommen sei. Darauf die Frau: „Wir haben Hitler überlebt, wir werden auch das überleben." Darüber könnte ich mich kaputtlachen, vor allem weil ich vor meinem geistigen Auge meine Oma sehe, wie sie den Witz erzählt. Ja, Scheiße, wir werden alles überleben, selbst den Messias!

Fast jeden Freitagabend kommt eine dritte Patientin in unser Zimmer, die duscht, sich ins Bett legt und vor sich hin stöhnt, bis Sonntagabend. Ich frage, ob ich ihr etwas helfen kann, sie verneint. Ich sehe ihre aufgeschlitzt-vernarbten Unterarme und frage die Schwestern, was das zu bedeuten habe. Borderline Syndrom – nie gehört. Selbstverstümmelung, um den Körper und das eigene Ich zu spüren. Und deshalb muss ich meine Stricknadeln abgeben, die könnte sie ja dazu benutzen. Ich trage genug Schmerz in mir, um mich und meine Grenzen zu spüren, sie offenbar nicht. Als ob es nicht schon genügend realen Schmerz in dieser Welt geben würde, manchmal muss man offenbar kratzen, schlitzen, verstümmeln. *You weren't in Belfast, you weren't there, no, you weren't in Kosovo, you weren't there.* Andere Menschen tragen andere Kriege aus.

Analyse bei Dr. Maus geht weiter. Ich bespreche mit ihm einen der aus der Wohnung mitgenommenen Zettel, der sich wieder um die menschlichen Grundbedürfnisse dreht, auf dem ich folgendes notiert habe:

„Basic Needs:

Schmerzfreiheit – shelter – home - support – respect – schoki- balsam – spaß- spirit ."

111

Warum hatte ich nur soviel über Grundbedürfnisse nachgedacht? Vielleicht weil ich durch die äußeren Einflussfaktoren auf mein Minimum reduziert wurde. Es ging ums Überleben damals. Als ich noch im Museum in W. gearbeitet hatte, da ging es jeden Tag, in jeder Führung, um die Elementarbedürfnisse des Menschen, sein pures nacktes Überleben im Laufe der Weltgeschichte.

Arbeitslosigkeit nagt an der Seele und vor allem am Selbstbewusstsein. Das Dasein empfand ich als Sinnlosigkeit, aus der nur ein Job helfen konnte. Mit dem wenigen Arbeitslosengeld musste ich streng haushalten und schaffte es trotzdem nicht. Ich hatte sogar überlegt, wieder in eine kleinere Einzimmerwohnung zu ziehen, um Geld zu sparen. Ich wurde nicht mehr respektiert, das war das Schlimmste, mein hart umkämpftes und schwer erarbeitetes Diplom war nicht das Papier wert, auf dem es stand. Jede Absage bereitete seelische und auch körperlich erfahrbare Schmerzen, Ablehnung auf der ganzen Linie. Ich hatte kein home mehr, ich bin nicht in F. zu Hause, ich gehöre hier nicht hin. Schutz braucht der Mensch auch, vor anderen, vor den Einflüssen, schlichtweg vor dem Wetter. In meinem Schlafzimmer waren die Fenster undicht, so dass ich nachts meinen eigenen Atem sehen konnte und ich fror. Und wenn einen niemand mehr unterstützte? Keiner mehr an einen glaubte? Auch das ist eine Bankrotterklärung. Schmerzfreiheit schien mir das wichtigste. Niemand würde einem mehr Schmerz zufügen und der Körper regeneriert sich von den eigenen Schmerzzuständen, das wäre ein Ideal. Seelenbalsam sprang nur aus Büchern zu mir. Da war niemand zum Reden. Und obwohl das Wort „vergewaltigt" seit damals in T. wie auf meiner Stirn eintätowiert war, ich Männer seit 10 Jahren mehr als verachtete, trotz alledem sehnte ich mich auch nach Sex. Dr. Maus wurde hellhörig: „Vergewaltigt? Wann?" Nach meiner kurzen Erläuterung war er „erleichtert", dass es schon über 10 Jahre her war, meinte aber gleichzeitig, es könne ein wirkliches Trauma sein, das ich nie ganz verarbeitet habe. Möglich, ja. Es war so lange her, dass ich es manchmal schon zu vergessen glaubte, als ob frau je so was vergessen könnte. Bewältigungsstrategien lernt man nicht, auch wenn man ihrer bedürfte. Frau änderte einfach ihr Verhalten und fing seitdem nichts mehr mit Männern an. Aus dem selbstbewussten jungen Mädchen wurde eine verbitterte Sich-schon-alt-Fühlende. *Do I deserve to be? Is that the question? And if so- who answers?*

Meine beste Freundin Tina besucht mich in meinem Klinikzimmer. Ich sehe deutlich das Entsetzen in ihren Augen über diese Klinikflure und die Mitpatienten, lasse mir aber nichts anmerken. Gegenteilig versuche ich, sie zum Lachen zu bringen, indem ich eine Stationsführung mache, so wie ich früher Museumsführungen gemacht habe, nur eben ironisierend bis zum Sarkastischen. Ich albere rum, mache ihr den Kasper und kann diese Fassade erst aufgeben, als wir in einem Einkaufszentrum sitzen und Pizza essen. Sie ist meine beste Freundin, aber sie soll nicht merken, wie es mir wirklich geht. Sie würde sich Vorwürfe machen, nicht eher Veränderungen an mir bemerkt zu haben. Sie soll denken, dass jemand, der so albern ist wie ich, wirklich in eine psychiatrische Klinik gehört. Wie soll ich ihr meine Abgründe nur offenbaren? Sie bringt mich durch ihre Erzählungen auf andere Gedanken, manchmal ist der Nebel aber so dicht, dass sie mit ihren Worten nicht zu mir durchdringen kann. Wir kaufen Klamotten und Schuhe, ein Fraueneinkauf eben. Wir lachen viel, naja, ich tue so, als würde ich über ihre Scherze lachen können. Als sie wegfährt, in ihre 500 km entfernte Stadt, da möchte ich weinen, kann es aber nicht. Das ist der Nachteil am modernen Nomadendasein: Freunde sind meilenweit weg und immer in der anderen Stadt. Und man kann sich des Fortbestehens der Freundschaft nur bis zum nächsten Anruf oder dem nächsten Treffen sicher sein, danach könnte alles enden.

Mein nächstes Gespräch mit Dr. Maus fällt denkbar kurz aus, er hat keine Zeit. Ich soll versuchen, mich an den oder die sozialen Auslöser meiner Krankheit zu erinnern. Ursachenforschung betreibe ich schon die ganze Zeit, kann aber keinen Auslöser finden. Er spricht von anhaltender schwerer Belastung als Ursache: Umzug, schlechte weil mobbende Arbeitssituation, Trennung von Freunden, Arbeitslosigkeit. Das könne <u>Psychosen</u> auslösen. Moment mal – Psychosen[17]? Das ist doch was anderes als Schizophrenie... Ja, er sei sich nicht mehr sicher, es könne auch eine schizophrene Psychose gewesen sein. Dr. Maus referiert über Freud, die Begriffe „phasenweise" und „heilbar" fallen. Das hört sich doch gleich viel besser an, oder? Das böse S-Wort ist weg und verschwindet mit dem Nebel. Das Freud-Buch ist von 1924, das kenne ich, fiel mir erstaunlicherweise ein. Freud sprach davon, dass sich

---

[17] Eine leicht verständliche und doch medizinisch-wissenschaftliche Definition der Psychose liefert die homepage <u>www.psychose.de/wissen-ueber-psychosen-04.html</u>.

Neurose und Psychose sehr ähnlich seien, Verdrängungsreaktionen sind für Freud ja eh immer die Ursache allen Übeln gewesen. Eine Psychose sieht er, der da am Schreibtisch der Wiener Berggasse 19 über seine nicht-repräsentativen Fallstudien sinnierte, als *„Ausdruck der Rebellion des Es gegen die Außenwelt."*[18] Obwohl ich sonst nicht viel von Freuds Theoriefragmenten halte, dieses scheint mir im Nachhinein betrachtet jedoch einzuleuchten: Rebellion meines Unbewussten gegen eine krankmachende Lebenssituation und Außenwelt. Realitätsverdrängung über den Ausweg der Psychose. Rebellion des Es wäre dann ja auch schon eine nahezu „logische" und „gesunde" Reaktion meiner Seele, auf das, was mir seit Jahren zugemutet wurde. Sigmund, es hat mich gefreut, mal was Erhellendes von dir zu hören, wenn auch in dieser unnormalen Arzt-Patientin-Situation.

Außerdem könne ich eine selten auftretende olfaktorische Psychose haben, wegen des Riechens von Gas, meint Dr. Maus weiter. Nur eine neue Nummer oder eine andere Perspektiven, die sich da auftun?[19] Wir reden über

---

[18]Sigmund Freud: „Der Realitätsverlust bei Neurose und Psychose" 1924, in: S. Freud: „Ein Lesebuch", herausgegeben von Cordelia Schmidt-Hellerau, 2006, S. 381.
[19] Laut IC-D 10 kann man auch F 23 (akute, vorübergehende psychotische Störung) oder F 29 (undifferenzierte psychotische Störung)

Symptome, die andere Psychotiker haben, als wenn wir nicht über Menschen sprechen würden, sondern über exotische Tiere. Ich berichte von den Einbildungen der anderen Patienten, die sie mir erzählt hatten. Wie es denn bei mir sei, will Dr. Maus aber wissen. Schwer zu beschreiben. Woher weiß ich, was real ist und was nicht? Was bildet sich mein Hirn ein und was nicht? *No one knows what it's like...*

Er sagt, dass man Diagnosen auch korrigieren bzw. differenzieren können müsse. Psychosen könnten episodisch verlaufen, aber auch chronisch, bei mir wisse man das noch nicht genau. Er fragt nach meinen Eltern und meint, wir sollen meine Mutter anrufen, damit sie weiß, wo ich sei und wie es mir gehe. Ich erkläre langatmig, dass ich schon vor Jahren den Kontakt zu meiner Mutter abgebrochen habe, nach dem letzten heftigen Streit in H., er besteht dennoch aufs Telefonieren. Ich gebe ihm die Nummer und bitte ihn zu sprechen.

Die Leitung steht, ich höre über Lautsprecher mit.

---

diagnostizieren. Aufgrund nach wie vor bestehender gesellschaftlicher Vorurteile und Klischees ist es meiner Ansicht nach sowieso eher angebracht, zunächst von „Psychose" zu sprechen, als Menschen gleich mit dem allumfassenden und stigmatisierenden Begriff „Schizophrenie" zu konfrontieren.

Er stellt sich vor und erklärt ihr meinen Aufenthaltsort, sie hört zu und hat eine fast vergnügliche Stimme. Sie fragt nach den Kosten, klar, Geld war immer alles, was sie interessierte. Dr. Maus bleibt ruhig, erklärt ihr meine Krankheit doch mit dem S-Wort, sie lacht. Ich bitte ihn aufzulegen, was er dann auch tut. Da lacht sich meine Mutter also schlapp, worüber andere Eltern zutiefst traurig und besorgt wären. Sie lacht es einfach weg. Ich beschließe, ihr einen abrechnenden Brief zu schreiben, mit dem ich gleich morgen beginnen will. Es ist der 4. März.

Ich beginne also am nächsten Morgen noch vor dem Frühstück und schreibe konfus das auf, was mir zu ihr in den Sinn kommt:

„An die Frau, die mich geboren hat, Mutter kann man sie nicht nennen! Wie oft schon wollte ich dir schreiben und habe es gelassen. Wie viel 100mal wollte ich mit dir sprechen, seit meiner unglückseligen Geburt, und es war keine Zeit oder mich verließ der Mut oder wir brüllten uns nur an. Wie oft wollte ich dir Schuld geben und rief dich nicht an, weil du selbst genug Sorgen hast, die Du vor mir immer verschwiegen hast? Machte es Dir Spaß, dass zwischen uns so viele Tabuthemen existierten? Ich weiß, ich hätte nie geboren werden dürfen. Und Du hättest es auch wissen können. Söhne von Holocaust-Überlebenden sollten nicht mit Nachfahren von SS-Obersturmbannführern Nachwuchs zeugen, das kann nicht gut gehen. Mischlingskinder haben von vorneherein die Arschkarte gezogen, weil sie weder das eine noch das andere sind. Ich bin weder ganz Terraner noch ganz Vulcanier, ich habe nur von beiden die schlechtesten Seiten mitbekommen. Daddy war auf einmal weg, von heute auf morgen niemand mehr, der mit mir Hebräisch spricht. Ich habe immer nach Daddy gefragt, solange ich mich erinnern kann und habe nur ausweichende Antworten bekommen. Ich hatte als Kind schon Launen, als Jugendliche Depressionen, eigentlich solange ich denken kann. Ich will dir keine Vorwürfe machen und tue es doch. Ich möchte dich hassen und kann es doch nicht. Dabei steht mir auch das Gebot im Weg, Dich als mein Elternteil lieben zu müssen. Wie oft hätte ich dich gebraucht und du warst nicht da, und wie oft warst du da, wo ich dich am liebsten auf den Mond geschossen hätte. Akzeptiere mich doch endlich so, wie ich bin. Ich bin eben anders als du. Ich werde nie die Tochter sein können, die du dir gewünscht hast. Lies den „Brief an den Vater" von Franz Kafka. Ich habe nie schlimme Drogen genommen und hatte nie falsche Freunde, nur solche, die du nicht akzeptiert hast. Du fragst mich bestimmt, wie das alles gekommen ist. Ich kann es dir nicht erklären. Ich erinnere mich eben an andere Dinge als du. Du hast mir auch nie die Welt erklärt, für die Schule, für die Uni, für das Diplom, ich musste mir auch alles selbst beibringen, lesen, lernen und üben. Ich würde dir gern sagen, dass du mich für immer in Ruhe lassen sollst, aber ich schaffe es nicht. Ich werde dich nicht pflegen, wenn du alt und gebrechlich wirst, ich kündige hiermit den Generationenvertrag. Ich will kein Geld, nur dass du hier die Klinikzuzahlungsrechnung bitte bezahlst, etwa 200 Euro. Ich werde alleine klarkommen, so wie ich es seit verdammten 30 Jahren tue. Ich möchte dich nicht verletzen, dir nicht wehtun und auf dich Rücksicht nehmen und kann es nicht, konnte es noch nie. Bitte verzeih die harten Worte und lies selbst viel über die Krankheit meines Vaters, die nun auch die meine ist, du hast eine Bibliothek am Ort und anbei eine Hilfebroschüre, aber das reicht nicht. Und lies meine Diplomarbeit. Ich bin nicht dumm. Ich bin krank. Lass mich mein Leben leben, so wie ich es will. Trotz alledem."

Irgendwie fühle ich mich nun besser, erleichtert. Ich kopiere den Brief, damit ich mit ihr darüber würde reden können, besorge einen Umschlag und schicke ihn weg. Dann plagen mich Gewissensbisse, doch zu hart mit ihr umgegangen zu sein. Kann ich den Brief aus dem Postkasten wieder rausbekommen? Jetzt kann ich es aber nicht mehr ändern, der Brief ist auf dem Weg. Ich würde mich immer noch herausreden können, dass ich verwirrt gewesen bin, aber das will ich gar nicht. Und irgendwie wusste ich auch schon im Moment, als ich den Brief schrieb, dass ich niemals mit Mutter über ihn reden würde. Sie würde ihn totschweigen wie alles. Trotzdem musste vieles mal gesagt werden.

Eine Erinnerung kommt wieder: ich war im Januar in einer Fahrschule und wollte mich für den Motorradführerschein anmelden. Keine Ahnung warum, es war einfach so eine auftauchende Idee. Im Schulungsraum hing ein Fernseher von der Decke und der Inhaber starrte permanent dorthin. Ich fühlte mich verfolgt dadurch. Wird etwa alles aufgezeichnet? Ich laberte ihn mit meiner Lebenssituation voll. Er hörte geduldig zu und fragte nur, wann ich mit dem Führerschein anfangen wolle. Ich setzte mich auf das Bike im Schaufenster und wollte sofort beginnen, starte die Zündung. Er wirft mich entsetzt aus seinem Geschäft. Ich drehte aber nochmals um und fragte unvermittelt, ob er für die „Adler" arbeiten würde, drohte ihm mit Anzeigen wegen Verletzung der Persönlichkeitsrechte. Er hatte aber noch nie was von den „Adlern" gehört, sagte er zumindest. Alle sind gegen mich gewesen, und ich war gegen alle. Ich wurde zur Menschenfeindin.

Nun Mitte März spielte eine meiner Lieblingsbands in F., und ich wollte unbedingt dorthin, trotz dieser Krankheit, trotz der langen Fahrt von der Klinik aus. Nach vielen Diskussionen, bei denen ich wirklich laut werden musste, mit Selbstentlassung drohte und mich der Fäkalsprache bediente, bekam ich die Genehmigung und fuhr hin. Die Augen taten mir weh ob so vieler Eindrücke. Wenn man jeden Tag nur den Klinikflur sieht, bekommt man den Augen-Overkill bei einem Konzert mit 500 Leuten. Aber die Musik war eine wirkliche Offenbarung. Es kam mir vor, als hörte sich sie deutlicher als sonst, als seien meine Ohren irgendwie empfänglicher und hellhöriger als sonst. Es war grandios und einzigartig. Sie spielten nur für mich an diesem Abend, nur dass es niemand außer mir wusste. Zurück per Bahn und Taxi, egal wie teuer, das schaffte ich irgendwie. *Money left to burn.*

Auf einem der etwa 700 aus meiner Wohnung mitgenommenen Zetteln ist groß das Wort „Lagerprobleme" notiert. Ich weiß auch sofort wieder, was ich damit meinte, und zwar in doppelter Hinsicht. Ich hatte überlegt, von F. aus doch wieder in eine andere Stadt umzuziehen und wusste nicht, wo ich meine Möbel und vor allem Bücher lagern sollte. Vielleicht würde ich sogar nach Israel gehen, so wie es mein jahrelanger Traum gewesen ist, der Exodus, die lange ersehnte Alijah. Ich hatte vom „birth right programm" gelesen. Nachkommen jüdischer Menschen haben ein Aufenthaltsrecht im Heiligen Land. Ich müsste dazu allerdings nachweisen können, dass ich jüdischer Abstammung bin und das konnte ich nicht, die Unterlagen sind im Krieg verloren gegangen. Würden alle meine Dinge in einen Schiffscontainer passen? Brauche ich alle Sachen wirklich? Wenn man in einer anderen Stadt nicht von vorn anfangen kann, so meine Erfahrungen, weil sich immer alles auf das vorher Gewesene bezieht, würde ich dann in einem anderen Land von vorn anfangen können? Würde ich dort nicht immer die Deutsche sein, die mit dem schlechten Hebräisch, mit preußischen Tugenden und der Shoah-Fixiertheit, die zur Ersatzreligion geworden war? Das waren die anderen Lager. Seit Jahren, nein Jahrzehnten drehte sich alles um den Holocaust. Jedes neue Buch, jede zu schreibende Hausarbeit, jedes Gespräch, jede Fernsehsendung, jeder Zeitungsartikel, jeder Kinofilm, jedes Theaterstück, jede wissenschaftlichen Fragestellung, alles einfach. Ich lebte in Geschichte, die nicht vergehen will. Geschichte, aus der es zu lernen galt. Geschichte, die mit meiner Familie zusammenhing. Geschichte, die mir zu Identität verhalf. Ich war im November auf einem Vortrag vom großen Shoah-Forscher Raul Hilberg gewesen, der bekannte, trotz seines Alters nicht aufhören zu können mit dem Thema. Wenn er sein Werk abschließen und vollenden würde, käme das einem Entzug des Lebenssinns gleich. Und ich hatte den Eindruck, er sprach von mir. Vielleicht war das alles einfach zu viel geworden. Nach soviel Verfolgung in meiner Familie hatte ich nun Verfolgungswahn. Nachwirkungen bis in die dritte Generation. Und ich konnte nicht mal nachweisen, dritte Generation zu sein. Ja, ich hatte Lagerprobleme.

Die Höhe fiel mir wieder ein, vor dem Licht, meine ich, jedenfalls am gleichen Tag des high noons. Ich hatte mich durch die Kontrollen und Schranken ins Gerichtsgebäude geschmuggelt, und fuhr bis zum obersten Stockwerk, öffnete alle Fenster und sprang auf das Vordach hinaus. Direkt gegenüber ist eine Polizeiwache, die ich wild gestikulierend beschimpfte. Passanten blieben unten stehen und zeigten mit dem Finger auf mich. Wollte ich wirklich springen? Ich weiß nicht mehr, wie lange ich dort oben war, irgendwann kletterte ich wieder rein und verließ das Gebäude. Niemand aninierte mich dazu. Nichts und niemand kümmerte sich. Ich war keine Selbstmörderin, dazu fehlte mir der Mut. Ich war lieber feige und versuchte, weiter zu leben. Es müsste eine schmerzlose Methode geben, dann würde ich es tun.

Nachmittags war der Nebel immer fast verschwunden, nur morgens stark.[20] Ein Pfleger gab mir meinen Laptop wieder und sagte, dass er die Kamera entfernt habe. Ich konnte keine Kamera mehr entdecken. Ich begann also, mir meine eigenen Textdateien anzusehen. Ich fand erstaunlich viele begonnene wissenschaftliche Texte und begann, sie fortzuführen: Zusammenfassungen meiner Diplomarbeitsergebnisse, neue Thesen, neue Zielgruppen. Auf einmal war alles, was ich je gelernt hatte, wieder präsent. Ich konnte klar denken, solange es um meine Wissenschaft ging. Davon

---

[20] Laut Patientenakte bekam ich in dieser Zeit 5 Medikamente gleichzeitig verabreicht, die Hauptdosis morgens.

hatte ich rein gar nichts vergessen! Es schien mir sogar, als könnte ich nahtlos an begonnene Fragestellungen anknüpfen, weil ich schon ewig darüber nachgedacht hatte. *Und habe Tinte für 20 Bücher im Bauch....* Meine Finger waren ob der Taubheit in den Händen noch etwas ungelenk. War ich doch neulich noch am puzzeln und habe das gerade so auf die Reihe bekommen, nun schrieb ich wie in einem Rausch, stundenlang. Es floss nur so aus mir heraus, ein wirklicher Flow, ich brauchte nur tippen und ärgerte mich über die zittrigen Finger, die meinem gedanklichen Tempo kaum standhalten konnten. Außerdem ging ich täglich in die „Arbeitstherapie", um meine E-Mails zu lesen. Hatte Schopenhauer nicht mal was darüber geschrieben, dass Arbeit von Schwermut ablenke? Warum fällt mir das ausgerechnet jetzt ein? Und es kam tatsächlich eine unerwartete Einladung einer Fachbuchredaktion, einen weiteren wissenschaftlichen Text zu schreiben, über ein Thema, was nur am Rande mit meinem bisherigen Gebiet zu tun hatte. Spannend. Erfordert Denken. Macht Arbeit. Würde mich ablenken. Ich sagte zu und musste lachen: Wenn die wüssten, dass ich hier in der Klapse sitze…

Die Ärzte haben die Nebenwirkungen dahingehend in den Griff bekommen, dass ich zwar nicht mehr willkürlich in die Hose mache, dafür aber meine Hände gleichmäßig zittern wie bei einem Alkoholiker auf Entzug oder bei Parkinson-Erkrankten. Ein bisschen Abwechselung schadet ja nie. Parallel dazu spürte ich meine linke Hand nicht mehr, aber die Schwestern meinten, das seien Durchblutungsstörungen von meinem ewigen Rauchen. Ich hatte das schon mal, im Jahr 2000, nach einem grandiosen Sommer, da allerdings in den Beinen, die ich plötzlich nicht mehr spürte. Ich befürchtete damals, nie wieder laufen zu können, aber nach Infusionen mit Kortison war alles wie früher und ich hakte das als einmaligen Vorfall ab. Okay, ich zittere hier und jetzt also nun mit den Händen, das scheint denen egal zu sein. Eigentlich müsste ich jetzt gefüttert werden, weil ich vom vollbeladenen Löffel auf dem Weg zwischen Teller und Rachen mehr als die Hälfte verschütte und eine Stunde für eine Mahlzeit benötige. Dann weiß ich ja jetzt schon mal, wie das sein wird, falls ich 90 Jahre alt werde.

Samstags fragt mich Matthias, ob ich gerne singe oder Musik höre und er kennt die Antwort natürlich schon, bevor ich was sagen kann. Er nimmt mich mit in ein anderes

Klinikgebäude. Ulla Ullmann, eine bekannte Sängerin, kommt jeden Samstag ehrenamtlich dort hin und singt zu Klavierbegleitung. Texte werden verteilt, damit alle mitsingen können. Sie singt so oft vor, bis man nachsingen kann. Manche Lieder sind traurig, manche fröhlich, manche tief christlich, manche zynisch, aber alle sind zuversichtlich, dass alles besser werden wird. Die Melodien sind denkbar einfach, also singe ich auch mit und habe sogar Spaß daran. Frau Ullmann berichtet zwischen den Liedern, wie sie selbst Patientin dieser Klinik gewesen ist und was ihr geholfen habe. Wie jemand so offen darüber reden kann, verwundert mich. Ich kenne nur Tabus, und psychische Befindlichkeiten sind ein großes. Das hier ist Balsam pur und es ist wieder einmal die Musik, die Balsam bedeutet.

Ich trage „Singen" auf meinem Stundenplan ein, lasse es von Matthias abzeichnen. Von nun an gehen wir nämlich regelmäßig zur Singstunde von Ulla Ullmann. Und wenn wir beide mal wieder ins Dorf laufen, singen wir unterwegs laut Schlager der 70er Jahre, auch wenn sich die Leute danach umdrehen. Ist doch egal, wir sind doch eh aus der Psychiatrie. Wir sind erstaunlich textsicher. Matthias hat sich auch „Singen" in den Stundenplan eingetragen, was ich ihm unterschreibe, wir untergraben die Stundenplanlogik der Psychiatrie.[21]

Der Film „Gothica" hatte mich damals ebenso schwer beeindruckt wie „Dogville". In Gothica wird eine Psychiaterin zur Patienten, weil sie Dinge sieht, die andere nicht sehen. Sie hatte einen Mord begangen, jedenfalls wurde ihr das vorgeworfen. Sie erlebte die Psychiatrie und den Fakt, dass ihr niemand glaubt, somit aus der anderen Perspektive. Parallel dazu gab es ein Video von Limp Bizkit, in dem Halle Berry auch mitspielte. Das Video wimmelte vor Klischees über die Klapse. Wir laufen doch nicht alle in durchsichtigen OP-Hemden herum. Die Botschaft lautete dennoch, nicht alles zu verurteilen, nur weil ein psychisch kranker Mensch es sagte. Und ich? Gehöre ich dazu? Bin ich eine von denen? Auch ich habe Vorurteile gegenüber psychisch Kranken. Der Titelsong wurmte sich durch mein Ohr und blieb lange, sehr lange vorhanden. *No one knows what it's like…*

---

[21] In meiner Patientenakte werde ich zu dieser Zeit mit den Worten „frech, penetrant, vorwurfsvoll, patzig" beschrieben, weil ich wohl nicht mehr alle angeordneten Termine dieses offiziellen „Stundenplans" wahrnehmen will und meinen Unmut darüber auch bekunde.

Ich weiß gar nicht, ob ich Fortschritte mache. Dr. Maus jedenfalls sagt, ich würde große Fortschritte machen. Komisch, dass ich davon selbst kaum was merke. Alles wird deutlicher, meine Probleme werden ersichtlicher, wenn auch bei genauerer Betrachtung immer unlösbarer. Ich schlucke brav meine Pillen und gehe zu den Terminen, Beschäftigungen, dem Sport und zu allen Therapiegesprächen, nur bei Gruppensitzungen schlafe ich ein. Ich bin wie ferngesteuert, noch hat ES die Macht über mich, auch wenn die Selbsterkenntnis tröpfchenweise in mein Hirn sickert.

5. Das Leben neu lernen

Es geht mir wirklich besser. Kaum noch Gedankenpolizei, hier werde ich doch nicht verfolgt. Irgendetwas in mir sagt mir, dass es wirklich besser geht. Ich kann tagsüber Dinge erledigen und abends gut schlafen. Ich funktioniere wieder. Wann werde ich hier entlassen? Kann ich das wirklich selbst festlegen? Dennoch mir scheint, als müsse ich das Leben neu lernen. Ich hatte verlernt, wie man den Tag alleine gestaltet, Dinge auf die Reihe bekommt und abends zufrieden ohne Grübelei einschlafen kann. Ich schrieb hier tagsüber an meinen Aufsätzen, unterhielt mich, rauchte, alles schien seiner Gänge zu gehen. Und doch benötigte ich Hilfe: Der Kliniksozialpädagoge hatte alles mit dem Krankengeldbezug erledigt.

Ich las in den bestätigenden Bescheiden, dass ich nun noch weniger Geld zur Verfügung haben würde. Ich brauchte dringend Geld und hatte keins.

Nie lange genug gearbeitet, um den vollen Leistungsanspruch zu haben. Briefe von meinen Freunden kamen an und hatten mir doch nichts mitzuteilen. Briefe aus einer anderen, aus einer Parallelwelt. In so einer Situation hat man sich wahrscheinlich auch nicht viel zu sagen. Werde ich unter Betreuung gestellt? Werde ich hier gerade entmündigt? Ich weiß es nicht. Würden die mich denn gehen lassen, wenn sie zweifeln, ob ich für mich oder andere eine Gefahr darstellen würde?

Is it getting better? Do you feel the same? Ja, tatsächlich, der Nebel lichtete sich immer mehr, meistens konnte ich klar denken und sehen. Die Melodien waren noch da, aber sie schienen leiser gedreht. Ich schwanke manchmal zwischen sehr glücklich und tieftraurig, nur dass ich keine Tränen dafür hatte. Aber: Die Gespräche brachten tatsächlich was, ich fühlte mich irgendwie befreiter von all dem, was ich so lange unausgesprochen mit mir herumgetragen hatte. Ich wusste immer, dass es meine Bestimmung ist, zu lehren und anderen beim Lernen zu helfen. Ich wurde zur Nanny der Station:

Toby und Dorit gab ich Nachhilfeunterricht, weil sie so lange in der Schule gefehlt hatten. Sie freundeten sich darüber an, auch wenn Toby ernstere Absichten hatte. Für Sybille, Bernd und Dietmar ging ich im Dorf Süßigkeiten, Chips und Getränke einkaufen, damit sie in dieser Zeit lernen und lesen konnten, mit Matthias besprach ich seine Eheprobleme. Für die Frau des Spaniers strickte ich einen bunten Schal. Ich schrieb meine wissenschaftlichen Artikel und kam erstaunlich gut damit voran. Ich küsste den schüchternen Ronaldo, der so lange keine Freundin mehr gehabt hatte. Ich machte Obstsalat für die ganze Station. Eine gute Patientin. Ich musste immer irgendetwas tun, konnte nicht mehr still und ruhig für mich sein, brauchte Aktion, auch wenn es sinnloser Aktionismus war. Ich hatte den Eindruck, Jahre meines Lebens verschlafen zu haben, dabei war ich gerade 6 Wochen hier. Gefühlte 6 Jahre. Die flashbacks wurden weniger, es überwog die Analyse von Entstehungsgründen.

Kunsttherapie, Sport, Wandern, Gespräche. Alles fand statt, nur irgendwie auch an mir vorbei. Ich kann mich nur an wenig erinnern, auch wenn kein Nebel da war sondern vielmehr eine passive Teilnahmslosigkeit. Ich merkte, dass ich depressiv wurde. Es ist so ein unbeschreibliches Abgestumpft-Sein, nichts mehr an sich heranlassen, egal ob positiv oder negativ. Nichts mehr fühlen können, das beschreibt es vielleicht.

In der Wochenrunde mit allen Patienten und dem Personal der Station berichte ich hingegen davon, dass es mir wirklich besser geht, ich lächele sogar und spreche vom Frühling. Ich frage, wann ich entlassen werde und erschrecke über meine eigenen Worte: bin ich schon so weit? Kann ich mir ein Leben außerhalb dieser Wände überhaupt vorstellen? *The end is in the beginning.*

Ich hatte nicht nur Lagerprobleme, in doppelter Hinsicht, nein, ich litt an der vermeintlich jüdischen Krankheit, nicht vergessen zu können. Ein Pfleger sagt in einer hektischen, lauten Situation auf dem Flur zu mir „Sie denken zuviel" – aber ich verstand „Sie gedenken zuviel" und da ist ja auch was Wahres dran. Unser Volk erinnert sich seit

Jahrtausenden an die Übergabe der Gebote, an den Auszug aus Ägypten, an all diese Dinge. Durch Erinnerung leben die Dinge weiter, als wären sie erst gestern geschehen. Es zu vergessen hieß, es zu negieren. Gemessen an der Menschheitsgeschichte und der Entstehung des Weltalls ist alles nur ein kleiner Wimpernschlag. Gestern noch waren wir Sklaven. Gestern noch wurden wir verfolgt und ermordet. Das alles darf nie vergessen werden, aber durfte es so mein Denken bestimmen, dass da kein Raum mehr für Positives war?

Am Tag des Zusammenbruchs war ich an einer jüdischen Gedenkstätte vorbeigegangen und hatte hunderte jüdische Orthodoxe in ihren Kaftanen und Hüten gesehen. Sie beteten wie vor der Klagemauer an einer Wand, an der Namen von Deportierten stehen. Lange Zeit glaubte ich, das sei auch Einbildung gewesen, bis ich beim jüdischen Museum anrief und nachfragte. Die sagten, sie haben öfter Gruppen aus Antwerpen und das seien streng orthodox gekleidete Juden. Was war real und was nicht?

In der Visite fällt zum ersten Mal das Wort Entlassung. Ich würde gute Fortschritte machen, vielleicht noch nicht ganz alleine zurechtkommen, aber ich sei kein Fall für die Klinik mehr. Nächste Woche solle ich entlassen werden. Ich fange an, wütend zu werden und brülle die Weißkittel an, was sie sich einbilden, beurteilen zu können, ob ich alleine klarkomme. Sie wüssten rein gar nichts von meinem Innenleben. Ich könne nicht zurück in meine Wohnung, dort würde alles von vorne losgehen. Ich könne mir nicht vorstellen, die Klinik zu verlassen.

Ich soll auch in eine „Anti-Rückfall-Gruppe" gehen, weil sie bei mir immer noch nicht wissen, ob die Psychose chronisch ist oder nicht. Anti-Rückfall. Hört sich an wie bei Alkoholikern. Als ob ich die Psychose mutwillig und vor allem selbst und alleine herbeigeführt hätte. Es passierte einfach so, ohne meinen Einfluss. Ich hätte zu weiteren Ärzten gehen sollen, ich weiß, das war mein Versäumnis. Aber ansonsten habe ich nichts dazu beigetragen, dass ich psychotisch wurde.

Die Schwester kommt mit Broschüren in mein Zimmer und bittet mich, diese anzuschauen. Tagesklinik der Klinik Hohe Mark, quasi ein An-Institut, freundliche Räume, ansprechendes Therapie-Angebot. Was soll ich damit?

Hinfahren und mich dort vorstellen, wenn es mir zusagt. Ich könnte die Einrichtung besuchen, weil es ein Mittelding zwischen Klinik und Alleineklarkommen sei. Tagsüber würde ich dort hingehen können, abends und am Wochenende sei ich zuhause. Den ganzen Tag Therapie? Und wo ist mein zuhause? Wenigstens ansehen sollte ich es mir. Andere sagen mir, was ich zu tun hätte, ich gehorche. Also fahre ich hin.

Ich klingele, eine ältere Frau öffnet mir und lächelt mich an. Als sie sich namentlich vorstellt, liegt mir auf der Zunge zu fragen, ob sie mit dem gleichnamigen NS-Widerstandskämpfer verwandt ist, aber ich lasse es. Ich würde es auch nicht mögen, immer gleich auf meine Familienvergangenheit angesprochen zu werden. Sie zeigt mir die Räumlichkeiten: ein großer Essens- und Tagesraum, ein kleiner Innenhof mit zahlreichen Blumen und Pflanzen, eine richtige Oase, riesige Küche, Kreativwerkstatt, Ruheraum, Besprechungszimmer, großer Gruppenraum. Alles ist geräuschlos. Die „Bewohner" sehe ich nicht. Hier riecht es auch nach schlichtweg gar nichts, ein bisschen nach Putzmitteln vielleicht, aber nur ganz schwach. Sie zeigt mir den Wochenplan der Einrichtung: Gespräche,

Gespräche, Gespräche, einzeln oder in der Gruppe, Kreativstunden, Kochen und Backen, Sport sogar, Entspannung, aber es wimmelt vor Gesprächen. Würde ich das aushalten? Sie bittet mich, etwas über mich zu erzählen und zum ersten Mal in meinem Leben stelle ich mich nicht mit „Akademikerin" vor, sondern gänzlich ohne Berufsbezeichnung und sage, dass ich eine Psychose hatte oder vielleicht sogar noch habe. Ich sage, dass ich nicht weiß, ob ich genug Kraft für die Therapie hier habe, weil die Psychose alle Energie aus mir gesaugt habe. Und in einem Nebensatz merke ich an, dass ich viel über mich selbst grinsen müsse. Sie lächelt und sagt, dass viele der Patienten hier eine Psychose hatten und man sich darüber austauschen könne. Es ist eine christliche Einrichtung, genau wie die Klinik, aber außer einem Gottesdienst mit freiwilliger Teilnahme würde man davon nichts merken. Sie begleitet mich hinaus und sagt, ich solle mich innerhalb von drei Tagen entscheiden, ob ich nach meiner Entlassung hierher kommen möchte.

Ich stelle noch von der Klinik aus bei meiner Wohnungsbaugenossenschaft den Antrag, eine andere Wohnung zu bekommen und entblöße mich sogar,

Verfolgungsängste zuzugeben. Ist mir egal, was die darüber denken, ich will raus aus dem Erdgeschossloch, über dem auch die „Adler" wohnen. Jeder Schritt, jedes Wort von denen konnte ich hören, und die umgekehrt auch von mir. Ich hatte damals bei meinem Umzug nach F. keine Wohnung auf dem freien Wohnungsmarkt gefunden und bekam die Bude einzig und allein durch Vetternwirtschaft der „Adler". Hätte ich es vorausahnen können, dass es nicht gut geht, dann hätte ich die Wohnung niemals genommen. Dann hätte ich lieber weiterhin am Main in einem Campingzelt gehaust. Ich brauche ein Zuhause, in dem ich mich wohl fühle. Wie soll man das diesen „Genossen" klar machen? Als ich den Brief wegschicke, fühle ich mich wohler. Ich würde bestimmt eine neue Wohnung bekommen und neu anfangen können.

Ein letztes Mal singen mit Ulla Ullmann. Ich betrachte die Mitpatienten genauer und stelle fest, dass man ihnen ihr Krankheitsstadium nur schwer vom Gesicht ablesen kann. Manche sind konzentriert, andere können nicht stillsitzen, andere sind ganz in sich gekehrt, wenige weinen befreit. In welchem Stadium befinde ich mich? Was habe ich hier gelernt? Werde ich alleine klarkommen, wenn die

Bedrohung durch die „Adler" weitergeht? Werde ich je eine Arbeit finden?

Ein letztes Gespräch mit Dr. Maus. Ich habe mich für die Tagesklinik entschieden, weil ich tagsüber nicht allein sein wollte. Wir sprechen über die verkorkste Kindheit und meine Beziehung zu meiner Mutter. Ich mache ihr schwere Vorwürfe, was ihre Erziehung anbelangt. Sie hatte Tausende Kinder im Kindergarten betreut, nur bei ihrem eigenen Kind versagte ihre Erziehung total. Andere Kinder behandelte sie mit Respekt, ich wurde mit Kochlöffeln oder Teppichklopfern geschlagen. Dr. Maus sagt, man dürfe nicht alles auf Erziehung schieben, bei mir sei die genetische Disposition nicht zu unterschätzen. Ach ja? Da kam so eine Gedanke in mir auf, den ich Dr. Maus mitteile: Versuchte ich nicht durch alles Streben, alle Noten, alles einfach, letztlich nur die Liebe meiner Mutter zu erlangen? Mir ihre Zuneigung zu „erarbeiten"? Das Gefühl, erst einmal etwas geleistet haben zu müssen, bevor man geliebt wird? „Daran muss man scheitern, das geht nicht anders", sagt er nur und kritzelt was in sein schlaues Heft. Ich sei eine schwierige Patientin gewesen, sagt er und meint bestimmt, dass ich eben nicht alles widerstandslos hingenommen habe. Ich verabschiede mich von der Schwester, die mit mir Gedächtnistraining gemacht hatte. Sie sagt zum Abschied: „Psychose, das kann echt jedem passieren." Ach ja, wirklich?

Meine ganzen Koffer und Taschen, die ich mit in die Klinik genommen hatte, passten gerade so in ein Taxi. Ich verabschiedete mich schweren Herzens von den Mitpatienten, ich würde sie vermissen. Devise: wir treffen uns wieder, aber bloß nicht mehr hier. Zu den meisten habe ich dennoch den Kontakt verloren, und wenn man sich zufällig in der Stadt trifft, ist es allen peinlich, schließlich kennen wir uns aus der Klapse.

6. Die Tagesklinik

Wieder in meiner Scheißbude, meinem Wohnklo, meinem Alcatraz, nach 7 Wochen, in denen mich keiner vermisste, wieder die „Adler" über mir, wieder die gleichen Ängste. Aber keine Kopfgeister mehr, jedenfalls augenblicklich nicht, und auch die Gedankenpolizei meldete sich noch nicht. Irgendwie gelingt es mir, meine Sachen einzuräumen und zu schlafen. Ich musste mein Leben hier wieder in den Griff bekommen, aber ich wusste noch nicht wie.

Erster Tag in der Tagesklinik. Da stellen sich gleich drei Mitpatientinnen vor, die meine Patin sein wollen. Sie zeigen mir x-mal das Haus, als ob ich geistig minderbemittelt sei und das alles nicht fassen könnte. Und ich werde gleichzeitig mit einem jungen, extrem dürren Mädchen, die sichtbar magersüchtig ist, aufgenommen. Sie fragt mich, was ich habe. Ich antworte: „Psychose", aber sie kann damit nichts anfangen. Wir sitzen am gleichen Esstisch und harren der Dinge, die da kommen. Fragebögen ausfüllen, Blutabnahme, Wiegen (und ich habe schon wieder 6 kg zugenommen, wo kommt das bloß her?). Bei den Fragebögen zu meiner seelischen Verfassung passen meine Antworten nicht in die ausgearbeiteten Antwortschablonen, ich erfinde häufig eine dritte Antwortkategorie anstelle von ja/nein. Wahrscheinlich wollen die das gar nicht, ich soll normierte Antworten auf normierte, standardisierte Fragen geben. Ich warte, dass jemand mit mir die Fragebögen bespricht, aber das macht niemand. Ich soll warten, das sei hier sowieso ständig angesagt, wie ich von Mitpatienten erfahre. Warte ich auf Godot?

Ich lese in meinem mitgebrachten Buch und kriege erst später mit, dass ich dadurch sofort den Ruf der Intellektuellen bekommen habe, außer mir liest nämlich niemand dort Bücher, die sind alle schon mit der Zeitung geistig überfordert. Meine mir zugewiesene Therapeutin, Frau Kruse, macht einen sehr netten Eindruck, als ich mit ihr das erste Gespräch habe. Sie hat zwar meine Krankenakte vor sich liegen, will aber alles aus meiner Sicht hören. Ich beschreibe, wie sehr ich das S-Wort hasse, mir aber nicht sicher sei, ob meine Psychose schon vorbei wäre, da ich mich immer noch ein bisschen verfolgt, belauscht, fremdgesteuert fühle. Ich berichte über meine Selbsterkenntnisse in der Klinik. Sie sagt am Ende der Sitzung, ich sei sehr reflektierend. Was bleibt mir anderes übrig?

Zum Mittag gibt es fetten Rinderbraten mit Knödeln und ich hole mir noch zweimal Nachschlag. Eine regelrechte Fressattacke. Meine Tischnachbarin knabbert an einem einzigen Blatt Weißkohl herum. Dann soll ich mit der Magersüchtigen die Lebensmittel für den nächsten Tag einkaufen gehen, sie würde Essen zu sehr ekeln. Schweigend erfülle ich diese Mizwa. Dann mache ich einen

Mittagsschlaf, wie einst im Kindergarten. Alles hier ist irgendwie anstrengend.

Nachmittags ist Kreativgruppe. Wir sollen aus Zeitschriftenfotos eine Collage über uns selbst basteln. Ich schaffe es, meine ganze Biografie unterzubringen, kein leerer Fleck mehr auf dem Blatt, die Kunsttherapeutin ist beeindruckt. Habe ich nicht immer diesen scheißneoliberalen Leistungsgedanken in mir? Dass ich immer etwas leisten muss, um mein Dasein zu rechtfertigen? Warum kann ich nicht einfach nur sein? Ich merke zugleich, dass mir das Zurückblicken immer schwerer fällt, alles scheint eine gerade Linie des Scheiterns darzustellen.

Die Wahnvorstellungen waren immer noch da, eigentlich mit realem Hintergrund, vor allem die „Adler" betreffend, die mir nun wirkliche Briefe schickten, dass ich Gelder zurückzahlen solle, die ich aber nie erhalten hatte. Und sie verweigerten mein Arbeitszeugnis. Sie hatten es „in echt" auf mich abgesehen, das war nicht eingebildet. Ich brachte diese Briefe in die Tagesklinik mit und ließ sie durch andere, auch Rechtsanwälte, beantworten, um zu beweisen, dass ich mir die Verfolgung nicht einbildete und dass ich aber auch nicht alles gefallen lassen würde. Am schlimmsten war es in der Wohnung, in der ich mich immer noch beobachtet fühlte, schließlich leben wir im gleichen Haus. Sie grillten vor meinem Schlafzimmerfenster und redeten über mich. Die Wochenenden waren so schlimm, dass ich die ganze Zeit im Bett lag und mich nicht hinaus traute. So sehnte ich die beginnende Woche herbei, in der ich wieder in die Tagesklinik würde gehen können.

Depressionen kamen wie ein Gewitter über mich, sie schlugen mich unvorbereitet. Gewitter haben normalerweise etwas Reinigendes an sich, klären die Luft. Dieses hier nicht. Die dunklen Wolken blieben stetig über mir. Düstere Gedanken, Selbstmordabsichten machten sich breit. Ich will nicht mehr, ich kann nicht mehr. Andererseits: ich hatte die Klinik und die erste Diagnose überstanden, dann würde ich auch das Folgende überstehen, oder?

Die Tagesklinik tut irgendwie gut. Ich habe Aufgaben dort übernommen und erfülle sie pingeligst genau. Die Magersüchtige quatscht drauflos, als hätte sie sich 10 Jahre mit keiner Person mehr unterhalten. Irgendwann wurde mir das zu viel. Ich brüllte sie an, sie soll endlich ihre gottverdammte Fresse halten. Sie schweigt. Ich entschuldige mich nur bei Gott für die Verwendung seines Namens in einem Fluchzusammenhang. Ich lese viel, versuche mir Bildung anzueignen, als ob ich sie verloren hätte. Da sind andere, die auch Psychose hatten, aber sie ganz anders erlebt hatten. Die meisten haben eine Psychose in direkter Folge vom Kiffen bekommen. Die kifften also, sahen bunte Farben, hörten komische Geräusche und wunderten sich erst, als diese nach 2 Tagen noch nicht weg waren. In meiner Jugend hatte ich auch zwei- oder dreimal gekifft, aber nie eine Wirkung gespürt und es deshalb gelassen. Ich hatte jetzt ohne Kiffen die Alpträume erlebt, von denen andere Patienten im Innenhof berichteten. Was bei denen mit Einnahme halluzinogener Substanzen eintrat, hatte ich ganz ohne Drogen erlebt, aber es war vielleicht der Drogenerfahrung ähnlich. Sie waren drauf „hängengeblieben", so sagte man, ihre Psychose hatte also einen erklärlichen Hintergrund, ich wusste nicht, ob ich sie beneiden sollte, weil ihre Krankheit eine klare Ursache hatte.

Der Sport war auch hier ein Graus. Herr Alt vertrat die Ansicht, dass man Sport in einem öffentlichen Park machen könne, da andere Leute dies ja auch täten. Er unterschätzte unsere Besonderheit. Wir trieben alle seit Ewigkeiten keinen Sport mehr, hatten fast alle Übergewicht und krampften uns schon mit der Gymnastik ab. Sich von allen Leuten, vor allem vorbeigehenden Jugendlichen, begaffen und anpöbeln zu lassen, das machte schon was aus. Ich weigerte mich, am Sport unter diesen Bedingungen teilzunehmen, die Magersüchtige erst recht. Was denken andere über mich? Ist es uns nicht doch anzusehen, dass wir psychisch krank sind? So saßen wir auf der Bank und vertrieben Schaulustige, wochenlang, bis Herr Alt eine kleine Sporthalle gefunden hatte, die wir nutzen durften. Folglich liefen wir jede Woche dorthin, machten Sport, und liefen wieder zurück. Alles sehr anstrengend für eben noch bettlägerige, halb-dahindämmernde Patienten.

In der Kreativgruppe bastele ich eine Handpuppe, die ein waschechter Punk wird. Mit Piercings und Tattoos, mit buntem Gewand und Irokesen-Pelzbürste. Die Kunsttherapeutin Frau Primadonna bekommt auf ihre Kritik, ich solle doch einen Menschen gestalten, meine flapsige Gegenfrage an den Kopf geworfen, ob ihrer Ansicht nach ein Punk kein Mensch sei. Sie ist perplex und kriegt vor Fassungslosigkeit den Mund nicht zu, ich lache darüber laut auf, sie lässt mich aber weiter basteln.[22] Ich bediente erstmals eine Nähmaschine, forme aus Ton seinen Kopf und die Hände. Das war wie ein Projekt, an dem man permanent weiterzumachen hatte. Und ich wollte es perfekt hinbekommen, so dass es meinen eigenen hochgesteckten Anforderungen entsprach. Der Button „Punk inside" im Stil des „Intel inside" bei PCs prangt an meiner Jacke. Ja okay, dann bin ich eben immer noch „aufmüpfig", kritisch und rebellisch, das ist ja keine schlechte Charaktereigenschaft.

Frau Kruse fragt vorsichtig nach dem Verlauf meiner Psychose, das S-Wort vermied sie immer in meiner Gegenwart. Ich beschreibe die Ängste, die Halluzinationen. Ich beschrieb die Probleme, zwischen wirklich realer Verfolgung und meiner eingebildeten zu unterscheiden. Bis ich eines Tages auf die Kirmes ging und mit der Achterbahn fuhr. Mein ganzes Leben war eine einzige Achterbahn und ich fuhr gelassen mit ihr, auch wenn ich im freien Fall doch immer kreischen musste. Doch heute sah ich, dass da ein Mann in einer winzigen Kabine saß, der die Wagen mit einem Hebel anhalten konnte. Da krachten also riesige

---

[22] Sie notiert in meine Patientenakte das seltsame Wort „Punkertum", was wohl außer ihr nie jemand benutzt, und regt an, sich therapeutisch mit dieser Art „ Punkertum" auseinander zu setzen. Müssen Sie jetzt auch lachen?

Wagenschlangen vom Himmel und er stoppte sie, bremste sie aus. Ich war fasziniert von diesem Gleichnis: Ich brauchte nur den passenden Hebel zu finden, um das alles in seinem Lauf zu stoppen. Warum war mir dieses Gleichnis nicht früher eingefallen? Mein ganzes Leben war bisher eine einzige, nicht enden wollende Achterbahnfahrt. Ich sprach mit Frau Kruse darüber. Sie meinte, dass nur in mir selbst der richtige Hebel sei, die Medikamente würden bei der Suche allerdings behilflich sein. Ich versprach ihr und mir an diesem Tag, dass ich den Hebel suchen würde, dass ich alles tun würde, um diese Lawine zu stoppen und meine Psychose selbständig zu beenden. Wer oder was würde mich dran hindern können? Ich stand doch nur mir und meiner eigenen Angst im Weg. *„Mache dich nur von deinem Wahne los, und du bist gerettet! Wer hindert dich denn, ihn abzutun?" (Marc Aurel)*

Eine Ernährungsgruppe begann. Wir lernten, Lebensmittel in Gruppen einzusortieren, welche man beruhigt essen kann, bei welchen man abnehme, welche zu viel Fett haben usw. Ich entdeckte, dass das Schulungsmaterial für das Abnehmen exakt von der gleichen Pharmafirma war, von denen meine Tabletten stammen. Das gleiche Logo. Ist das nicht eine Paradoxie? Die stellen Neuroleptika her, von denen man sehr schnell und sehr stark zunimmt, ohne mehr gegessen zu haben, und zugleich bieten sie Schulungen an, wie man sich gesund ernährt und angeblich wieder abnehmen könne. Die Schweine sind doch dran schuld, dass wir zunehmen. Und dann predigen sie uns, dass es an uns läge, an unserer Bewegungsarmut, an unserer falschen Ernährung. Ich bin sauer. Die könnten mit mehr Forschung dafür sorgen, dass wir nicht aufgrund der Nebenwirkung zunehmen. Aber sie schieben natürlich die Verantwortung lieber auf uns. Die verdienen sich sowieso dumm und dämlich an Leuten wie mir. Ich recherchiere: diese Pharmafirma hat 2001 einen Umsatz von 2 Milliarden Dollar gemacht, es überfordert mein Hirn, mir so eine Geldmenge vorstellen zu können.

Wieder ein Tablettenwechsel. Mir wurde immer nach dem Einnehmen der rosa Pillen schwindelig, morgens und abends musste ich mich sogar übergeben. Nicht nur so ein bisschen, sondern so wie damals, als man sich 15jährig mit Alkohol so richtig das Hirn wegpusten wollte und hinterher nur elendig kotzen musste. Genauso ist es jetzt: Als hätte ich zu viel Alk getrunken und kotze mir anschließend die Seele aus dem Leib. Nur ohne Alkohol eben. Bislang die fiesesten Nebenwirkungen, da pinkele ich mir lieber wieder in die Hose, Hauptsache das Kotzen geht weg.

Ich lese über Depressionen, dass sie wie eine schwarze Dame sei, die hereinkomme und sich an den Tisch setze, scheinbar aus dem Nichts. Man solle hören, was sie zu sagen hat, schrieb der weise C.G. Jung[23]. Klingt gut, dieser Ratschlag. Nur, dass meine schwarze Dame nicht mit mir spricht. Sie sitzt nur da und verbreitet existentielle Leere.

Früher sah man psychische Erkrankungen als regelrechte Teufelsbesessenheit an. Im Mittelalter dann die Theorie der schwarzen Galle, die wirklich absurd anmutet, Körpersäfte in der Deutung mittelalterlicher christlicher Theologie. Und C.G. Jung mit seiner schwarzen Dame ist sicher auch längst überholt. Es geht um Allegorien, das kapiere ich, aber ich hätte gern eine stimmige, statistisch signifikante Erklärung und keine Allegorie.

In der Kulturgruppe werden wir gebeten, unsere Berufsfelder vorzustellen, weil uns die Gesprächsthemen

---

[23] Zitiert nach Hanne Hirsch: „Depressionen – Hilfe zur Selbsthilfe", München 2006, S. 80.

ausgegangen sind. Ich habe keins, bereite dennoch einen Vortrag vor und stelle das Museum in B. vor, zeige Dias und beschreibe den Ort mit seinen aufklärerischen Möglichkeiten, sehr sensibel, wie der Betreuer meint. Ich gerate ins Schwärmen ob der dortigen Arbeit, die mir so unendlich viel Erfüllung gegeben hat. Eine Diskussion entbrennt, ob mit dem Thema Nationalsozialismus nicht auch mal Schluss sein müsse. Ich argumentiere, ich belege, ich zitiere, ich setze alle schachmatt. Der Betreuer ist beeindruckt und wundert sich, dass ich keinen festen Job dort habe. Und ich wundere mich auch, dass ich schon wieder so gut streiten kann. Ich hatte gedacht, dem noch nicht gewachsen zu sein und muss mich vom Gegenteil überzeugen lassen. Es ist mein Traum, mein innigster Wunsch, dort zu arbeiten. Und zugleich fester Vorsatz, alles daran zu setzen, dass dieser Traum endlich in Erfüllung geht.

Nach dem erneuten Tablettenwechsel war mir andauernd schwindelig, ich musste mich vor lauter Seegang immer irgendwo festhalten. In der Frauengesprächsgruppe haben wir zudem die Aufgabe bekommen, offensiver mit unserer Krankheit umzugehen. Ich bekomme als Hausaufgabe, in der Straßenbahn einen Sitzplatz mit dem Hinweis auf meine Krankheit zu ergattern. Es fällt mir schwer genug, überhaupt fremde Menschen anzusprechen, nun sollte ich auch gleich meine Krankheit eingestehen! Der Test folgt auf dem Nachhauseweg: Die Beine sacken mir weg, mir wird schwindelig, ich muss mich festhalten, ergreife aber statt der Halterung nur die Hand einer Herumstehenden. Ich sage, dass ich mich bitte setzen muss, weil es mir körperlich nicht gut geht. Das war zwar gelogen, aber sofort springen drei Leute auf und machen ihren Sitzplatz frei. Bei der nächsten Besprechung in der Gruppe erfahre ich, dass ich wohl noch eine der leichtesten Aufgaben hatte, andere mussten sich im Kaufhaus bedienen lassen, ohne etwas zu kaufen, oder beim Friseur die fertige Frisur monieren. Jede kriegte eine ihr zugedachte Aufgabe, die es zu bewältigen galt, meine war und ist es, mit der Krankheit klarzukommen und auch dazu zu stehen.

Reden wir mal kurz über Darmtätigkeiten. Entweder hatte ich tagelang gar keinen, steinharten oder plötzlichen wasserdünnen Stuhlgang und bekam dagegen eine gelbliche Paste zum Trinken. Nicht mal ordentlich scheißen kann ich! Die Paste hilft zumindest einmal in der Woche abzuführen, auch wenn ich dann immer bis zu 2 Stunden auf dem Klo saß, als ob der dünnflüssige Schiet der letzten Jahre herauskommen würde.

Sie doktoren alle an den Nebenwirkungen herum, während ich immer noch das Ursachenbündel dafür suchte, was mit mir geschehen war. Ich ertrug alles.

Wer ein Warum zu leben hat, der erträgt jedes Wie.

(Viktor Frankl)

Ich begab mich auf Jobsuche, wollte so schnell wie möglich eine Beschäftigung haben. Es kamen nur Absagen. Und bei jeder dieser Absagen, die ich zu sammeln begann, stand die Formulierung, dass man sich für jemand anderen entschieden habe. Immer ist es jemand anderes. Nein, man solle nicht an seiner eigenen Qualifikation zweifeln, die stimme ja und die Auswahl zwischen den hochqualifizierten BewerberInnen war ja auch wirklich schwierig. Floskeln? Sie häufen sich, als hätten sich alle abgesprochen, als gäbe es offizielle Formulierungen, die man qua Gesetz einhalten müsse. Die anderen. Glück haben nur die anderen, nicht ich. In mir macht sich ein neues Gefühl breit: dass ich nicht das bekomme, was mir zusteht. Ich hatte Super-Abschlüsse, ich brauchte nur mehr Berufserfahrung. Warum kriegen die anderen den Job, aber ich nicht? Ich habe Jahrzehnte in meine Bildung investiert, warum nun darf ich nicht arbeiten? Hat nicht jeder Akademiker ein Recht auf einen Arbeitsplatz? Hat nicht letztlich jeder auch das Menschenrecht auf Arbeit? Das Leben hielt einfach nicht, was es einst versprach.

Dienstagnachmittags kam immer der Oberarzt aus der Klinik und machte hier Visite. Wir alle hatten Angst davor, der schien wirkliche Röntgenaugen zu haben und er war furchtbar direkt, sagte einem auf den Kopf zu, was das persönliche Problem sei. Außerdem musste man um jede Woche bangen, die man noch in der Tagesklinik bleiben dürfe. Er entschied über Entlassungen oder Gnadenverbleibe. Bei mir sprach er religiös von ungünstiger Fügung, seltenen Kombinationen und der Suche nach den richtigen Tabletten. Nimmt der mich ernst? Kann der mir helfen, wenn er mich nur einmal die Woche sieht? Naja, er kümmert sich immerhin um mich, das ist ja auch schon was.

Die Depressionen machen mich interesselos, ich lese Bücher, ohne etwas daraus zu ziehen. Ich interessiere mich für nichts mehr, auch nicht für die Mitpatienten. Mich begleitet eine innere Unruhe, so als ob ich jederzeit etwas Wichtiges verpassen könnte, und dieses wichtige ist letztlich mein Leben. Bin zugleich absolut energielos, kann mich zu kaum etwas aufraffen. Die Zeit scheint stillzustehen, während die manischen Mitpatienten gerade so voller Energie, ja geradezu euphorisch sind. Zu meiner Angst, meiner Verzweiflung über das Geschehene gesellt sich Wut, vor allem über mich selbst, die sich zu einem regelrechten Hass auf mich selbst steigert, weil ich nichts, aber auch gar nichts schaffe, nichts erledige, nichts im Griff habe, mir selbst im Weg stehe und mein Selbst nicht beherrsche.

Ich bekomme neue Tabletten, diesmal längliche blaue, weil das mit dem Abführen immer schlechter wurde. Irgendwann würde ich alle Farben und Formen durch haben. Man sucht den Schlüssel, als ob der weggeworfen worden sei. Die wievielten Tabletten waren das jetzt? Ich glaube die zehnten. Ich bin unfreiwillig schon geübt im Zuordnen, welches Medikament als Serotonin-Wiederaufnahme-Hemmer (SSRI) gilt, oder ob es zu den Trizyklika gehört oder ein Monoaminooxidase- (MAO-) Hemmer ist. Natürlich hatte ich darüber gelesen, aber die derzeit meistzitierte und meistgeglaubte Theorie, Depressionen resultierten aus einem zu niedrigen Serotonin-, wahlweise auch zu niedrigem Noradrenalin-, oder Dopamin-Spiegel überzeugt mich nicht. Vielleicht hilft diese Theorie des Enzymmangels ja nur der Pharma-Industrie, die daran gut verdient.[24] Und eine Theorie gilt als gültig, wenn möglichst viele daran glauben, und das nur so lange, bis eine bessere Theorie einen Weg in die Forschung und (Fach-) Öffentlichkeit findet. Wie lange glaubte die Menschheit, auf einer Scheibe zu leben? Dogmen schleichen sich ein und setzen sich durch. Auch Wissenschaft ist ein Kompendium aus Überzeugungen und Meinungen, letztlich sogar Glaubenssache. Ist meine Existenz, mein Sein, nicht irgendwie mehr als ein reduziertes biochemisches Modell?

Die mir jetzt gegebenen Tabletten bewirken, dass ich unglaublich viel Gepäck mit mir herumschleppen muss, weil ich angesichts der neuen Nebenwirkung Schweißausbrüche so nass durchgeschwitzt bin, dass ich mich mindestens dreimal am Tag umziehen muss. Nach zwei Wochen Absetzen dieser Pillen, neue bekommen.

Die eierschalenfarbenen bewirken erst tagelang gar nichts, dann wache ich nachts auf, weil mein Herz so laut und schnell schlug, als würde es gleich aus meinem Körper

---

[24] Zu dieser rationalen Überlegung kommt auch Andrew Solomon, in: Saturn Schatten, Frankfurt 2001, S. 369.

heraushüpfen. Tagsüber dann Kreislaufprobleme und immer wieder nachts dieses enorme Herzwummern. Würde ich in der Lage sein, so was wie Kammerflimmern bei mir selbst zu diagnostizieren? Da mein Blutdruck beim wöchentlichen Messen eindeutig zu hoch ist, kriege ich andere Pillen.

Von diesen blauen werde ich hyperaktiv, kann nicht mehr stillsitzen, muss die Beine ständig bewegen, muss mit den Händen irgendwo rumfingern, zappeln oder im Takt klopfen, muss immer in Bewegung sein, kann kaum einschlafen. Das strengt mich so an, dass ich ganz zufrieden bin, dass diese Pillen auch durch Anraten der Tagesklinik, die meine plötzliche Hyperaktivität ebenfalls als sehr anstrengend empfindet, gewechselt werden. Ich überlege, was ich noch nicht an möglichen Nebenwirkungen hatte, und es dauert nur 3 Stunden nach der Einnahme der grünen Pillen: Hautrötungen, Hautjucken, Kratzanfälle. Nach nur einer Woche sehe ich aus, als hätte ich Akne und Masern gleichzeitig. Meine Unterschenkel sind aufgekratzt und werden wohl nicht wieder vernarben, weil ich durch den Juckreiz ständig wieder neu aufkratzen muss, wie ein Zwang. Das würde sich mit der Zeit geben, sagt die Ärztin. Nein danke. Ich bin doch ein mündiger Patient, da werde ich doch wohl sagen dürfen, mit welchen Nebenwirkungen ich irgendwie zurecht komme und welche ich absolut nicht haben will, oder? Warum darf ich eigentlich nicht bei meiner Medikation mitentscheiden? Ich habe mittlerweile viel über die Medis gelesen, mich informiert, einiges an Nebenwirkungen gehabt. Warum besprechen die mit mir nicht, welche Medis sinnvoll sein könnten und welche nicht? Kann man Medis „verhandeln"? Das würde Selbstbewusstsein, Wissen auf Augenhöhe und Souveränität erfordern, das habe ich nicht. Aber ich will in Entscheidungen einbezogen werden! Bin ich hier nur das Versuchskaninchen? Ich schlucke die nächsten Pillen und bekomme nun bei jedem Aufstehen Nasenbluten. *Und ich erinner'mich an alles, all die bürgerlichen Freunde mit ständigem Nasenbluten. Erklär' ihnen auch mal, wer die Bösen, wer die Guten...* Ich kokse ja nicht. Aber ich habe so oft Nasenbluten, dass Außenstehende es vermuten könnten. Dieses Austesten verschiedener Medis kostet mich jedes Mal wochenlang Zeit, zumal die Wirkung erst nach 4-6 Wochen eintrete. Also nach x Wochen wieder andere Pillen.

Aber – oh Wunder- von heute auf morgen fühlte ich mich weniger verfolgt, kann besser in meiner Wohnung sein. Ich bin freier. Die „Adler" waren immer noch da, aber sie würden mir nichts mehr anhaben können. Ich sage laut vor mich hin, dass ich ihnen nicht mehr die Macht über mich zugestehen würde. Und auf der Straße verfolgte mich auch niemand mehr. Ich finde sogar den Mut, den elendigen Duschkopf abzuschrauben und einen neuen, garantiert ohne Kamera, anzubringen und wechsele die Türschlösser aus. Sollten es kleine weiße Kügelchen tatsächlich geschafft haben, die Verfolgung zu beenden, die Gedankenpolizei auszuschalten? Unfassbar. Und in mir sieht es anders aus. Ich vertraue mir selbst wieder mehr. *Höre immer darauf, was dein Herz dir sagt, Anakin.*

Es ist Juni geworden. Durch die Medikamente bin ich ruhiger geworden, aber zugleich auch irgendwie gedämpft worden. Ich fühle irgendwie nichts mehr, habe keinen Antrieb zu gar nichts. Dennoch gehe ich jeden Tag brav in die Tagesklinik und absolviere alle Kurse und Gespräche. In mir ist alles kalt und dunkel, obwohl ich schon Sommersprossen und Sonnenbrand auf der Nase habe, weil ich mich so oft zwischen den „Anwendungen" im Innenhof sonne. Ja, ich weiß, das ist keine Kur hier, aber manchmal fühlt es sich so an. Ich suche Sicherheit und finde sie nirgends. Frau Kruse meint, eine Depression könne die natürliche Folge einer Psychose sein, weil die Seele das Geschehene nicht zu verarbeiten weiß und in ein tiefes Loch fällt.

Depression - so lautete also jetzt die Diagnose. Ich kannte sie nur allzu gut.

Ich hatte Depressionen, so lange ich denken kann, mal schwächer, mal stärker, aber sie waren immer da, ich bin damit aufgewachsen und groß geworden. Ich hielt sie immer für meine Hauptkrankheit, alles andere war nur Folge oder Symptom. Es gab einige Schicksalsschläge in jungen Jahren hinzunehmen, darunter den Tod meines Vaters. Ich hatte immer depressive Stimmung. *Nur weil man sich so dran gewöhnt hat, ist es nicht normal. Nur weil man es nicht besser kennt, ist es noch lange nicht egal.*

Ich wusste immer, dass ich mein Leben selbst beenden würde. Heulkrämpfe schüttelten mich oft, ich nahm Trennungen ernster als andere. Ich wollte mit 15 nie älter werden als damals Punk Sid Vicious, der mit 21 „starb". Als ich 21 wurde, setzte ich mir das Zeitlimit, nie älter als Kurt Cobain zu werden, der sich mit 27 per Jagdgewehr ins Nirvana befördert hatte. Es war in meinem Lebensplan überhaupt nicht vorgesehen, älter als 30 zu werden. Beide

hatte ich „überlebt", Vicious und Cobain. Kein live fast –
die young. Cobain wurde nie richtig medikamentös
bezüglich der Depressionen behandelt, ich hatte jetzt die
Chance dazu, die ich nutzen sollte, kapierte ich.

*Wo kommen all die grauen Wolken her? Ich schau nach
draußen auf den Tag, es regnet und ich kann nicht mehr.
Ich weiß nicht, warum ich lebe nur dass ich am Leben bin.
Ich seh mich um und will nicht mehr.* Ich denke über
Selbstmord nach. Freitod- das ist das schönere Wort. Wie
könnte ich es anstellen, ohne zu viel Sauerei zu machen?
Doch nur mit Tabletten. Wenn ich eine Waffe hätte, würde
ich wie Cobain sterben wollen, aber *wir sind hier nicht in
Seattle, Dirk.* Aufhängen – und was, wenn ich da
stundenlang baumele, ohne mir das Genick zu brechen? Vor
die Bahn springen und ein traumatisches Erlebnis für einen
Zugführer werden? Autounfall – das wäre was, ja, aber wie,
ohne ein Auto zu haben? Also vor ein Auto laufen? Von der
Brücke springen, davon gab es in F. viele, aber sie schienen
mir nicht hoch genug, außerdem konnte ich ja schwimmen.
Warum keinen politischen Anschlag draus machen, als
Märtyrer sterben? Warum nicht noch andere mit in den Tod

ziehen? Mich auf einer Neonazi-Demonstration zum Beispiel in die Luft sprengen? Ach, ich bin ja verrückt.

In der Anti-Rückfall-Gruppe werden Psychosen genauestens pathologisch beschrieben, alles trifft auf mich zu. Es wird schön einsortiert in Plus- und Minussymptomatik, also was zu meiner Wahrnehmung hinzukam (wie das Gas-Riechen) und was ich an Fähigkeiten verlor (z.B. Konzentrationsprobleme). Wir sollen über unsere eigenen Erlebnisse und Gedanken sprechen. Ich kann nicht. Niemand würde es verstehen. Besonders was M. betrifft. Ich höre den anderen Patienten zu und wundere mich, dass bei denen alles ganz anders war als bei mir und wir trotzdem die gleiche Krankheit haben sollen. Ich schweige, der Terraner in mir kommt zum Vorschein, und winzige Tränen rollen mir über die Wangen, die ersten Tränen seit Monaten. Sprechen ist nicht aushaltbar, noch nicht. Ich lasse alles aus mir laufen, habe emotionale Gebirge zu bewältigen.

Jede Woche in der Tagesklinik verläuft nach dem gleichen Masterplan, alles ist vorhersehbar, durchgeplant und gesichert. 9 h Frühstück, Küchendienst, Gruppe 1, Gespräch 1, Mittagessen, Küchendienst, Einkauf für den nächsten

Tag, Gruppe 2, Pause, usw. Oft hat man therapeutische Gespräche, wenn man gerade keinen Bock zum Sprechen hat. Wir malen und zeichnen, nähen, kochen, backen, machen Sport, sehen Filme, sitzen im Innenhof und tauschen uns aus. Eigentlich ist alles nur Ablenkung und Beschäftigungstherapie zugleich. Tiefe Löcher – ohne Tränen. Die Gedanken im Kopf lassen sich jedoch nicht umlenken, sie begleiten dich überall und jederzeit. Die alles entscheidende Frage ist täglich: Wie geht es dir womit? Befindlichkeitsfixiertheit pur. Mich nervt das. Mir geht es immer gleich beschissen, das ändert sich nicht. Ich will, dass das alles aufhört, sofort. *Jenseits von cool und raus aus Selbstmitleid, will Sätze, die sagen: das war's.*

Was mich retten würde? Ich denke lange darüber nach. Glaube hatte mich schon gerettet. Es stellt sich nunmehr die Frage, wie ich meinen Glauben auch zu leben vermag. Ohne starre Rituale und sinnentleerte Gebete. Ohne Praktiken, die ich nicht verstand und auch nicht mit Sinn füllen konnte. Erwiderte Liebe würde mein Leben um einiges angenehmer gestalten. Aber vor allem bräuchte ich Hoffnung. Hoffnung auf einen Job, eine neue Chance, ein anderes Leben. Hoffnung, dass die Psychose vorbeigeht und mich unverändert lässt. Hoffnung, dass ich mit mir selbst klarkomme. Ist nicht jedes Leben letztlich eine Ansammlung von Auseinandersetzungen mit sich selbst, die man zu lösen hat?

Meine Mutter kann mit dem Zustand Tagesklinik nichts anfangen, in ihrer Welt gibt es so was nicht. Bin ich jetzt stationär oder ambulant? Im Nazi-Ton ihrer Eltern verlangt sie telefonisch nach Eindeutigkeiten. Wie sehr ich diesen Tonfall hasse! Sie sagt, ich solle diese Therapie schnell erledigen. Sogar bei meiner Therapie stehe ich also unter Leistungsdruck. Und sie müsse das Finanzielle regeln. Ja klar, was sonst.

Eines Tages erscheint Albert als neuer Patient, er ist ganz Terraner, er kann gar nicht anders, als zu seinen Gefühlen zu stehen. Vom Alter her könnte er mein Vater sein, vom Verhalten her nicht. Er stellt sich mit den Worten vor, dass er schon 10 Jahre Therapie mache, aber seine Ängste und Panikattacken nicht weggegangen seien. Er hat eine Stimme wie ein brummender Teddybär. Er ist mir auf Anhieb sympathisch. Ich weiß nicht mehr, wer von uns wen angesprochen hat, aber wir unterhalten uns viel, scheinen auf einer Wellenlänge zu sein. Er ist der einzige hier, der über sich selbst und die Welt reflektiert, und nicht nur stumpf den Fahrplan hier mitmacht, der gern in der Sonne sitzt und mir zuhört. So verbringen wir Stunden im Innenhof, rauchen und philosophieren über uns und die falsche Welt im richtigen Leben, manchmal schwänzen wir sogar die Therapie dafür. Albert ist ein unglaublich ruhiger und ausgeglichen wirkender Mensch, sehr angenehm. Ich verstehe zwar nicht viel von seinen Ängsten, aber ich kann sie empathisch nachvollziehen, so wie er meine Psychose zu verstehen sucht. Er hat viel durchgemacht, Scheidung, Konkurs, ist aber ein Stehaufmännchen. Und er ist ein exzellenter Beobachter, ihm entgeht nichts, jede kleine Veränderung des Innenhofs fällt ihm auf: Gestern waren da noch 13 verdorrte Blätter, heute sind 8 weggefegt. Er bereichert mein Leben, ich habe endlich wen zum Reden und er könnte ein guter Freund werden, in anderen Umständen als diesen. Albert ist ein ähnlich offener Mensch wie ich, auch wenn er einem nicht so direkt die Meinung sagt, wie ich es zu tun pflege. Das einzige, was ihn an mir nerven würde, sei mein quietschendes Schaukeln im Korbschaukelstuhl der Kunsttherapie, sagt er. Da sitze ich nämlich immer stundenlang im Schaukelstuhl und schaukele vor mich hin, ewig, bis ich eine Idee zum Malen habe, manchmal habe ich allerdings keine und schaukele einfach herum. Endlich habe ich hier einen Freund gefunden. Das heißt nicht, dass die anderen nicht auch sehr nett wären, das sind sie, aber mich und Albert scheint etwas Besonderes zu verbinden.

Von der Wohnungsgenossenschaft kommt ein Angebot, in eine andere Wohnung umziehen zu können. Diese ist nur wenige Meter von meiner jetzigen entfernt und zudem teurer. Es würde nichts ändern, das spüre ich. Und das Arbeitsamt will keine höheren Kosten tragen, kriege ich mitgeteilt. Es gäbe „keine plausiblen Gründe für einen Umzug". Es reicht also nicht, sich hier verfolgt zu fühlen. Ich würde weiterhin in diesem Loch wohnen müssen und mich selbst auf Wohnungssuche begeben müssen, doch dafür fehlte mir die Energie. Die „Adler" haben „böse Post" vom Finanzamt und vom Gericht bekommen, munkelt man beim Bäcker, der eher so eine Art Kommunikationszentrale im Stadtteil ist. Als ich gefragt werde, ob ich dazu was weiß, schweige ich.

Ich will wieder arbeiten und wende mich an die Sozialpädagogin der Tagesklinik. Sie versucht, mich zu bremsen, gesteht aber nach einer Weile, dass sie mir gar nicht helfen könne, weil auch sie keine Jobangebote habe, da müsse ich das Arbeitsamt in Anspruch nehmen. Ich könne vielleicht eine Trainingsmaßnahme mitmachen, dafür müsse ich beim Amt beantragen, als chronisch krank eingestuft zu werden. Ich wundere mich und bin unbeherrscht, anderen Mitpatientinnen wurde eine Mitarbeit auf einem Bauernhof angeboten. Und in der Zeitung lese ich, dass neue Jobs für Drogenabhängige geschaffen worden seien. Muss ich erst Drogen nehmen, damit mir geholfen wird? Na klar, anderen geht es immer noch schlechter. Offenbar erwartet man von mir, dass ich froh sein soll, nicht in einem Krieg leben zu müssen, nicht Hunger leiden zu müssen. Mitpatienten erzählen oft, dass sie sich bei Fernsehsendungen wie „Weltspiegel" oder „Auslandsjournal" besser fühlen würden, weil all ihr Leid nichtig angesichts der Bürgerkriegsflüchtlinge und verhungernden Kinder in Afrika sei. Ist ein gutes Leben nicht mehr als nur die Abwesenheit von Krieg?

Die lang ersehnte Wende ist da, auf einmal spüre ich: Meine Psychose ist definitiv zu Ende, nach den 12. Tabletten, plötzlich und doch schleichend, von einer Sekunde an merke ich es: ich fühle mich nicht mehr verfolgt, habe keine Halluzinationen mehr, rieche nur Vorhandenes, alles wohlgeordnet und vorbei. Unfassbar, nicht nachvollziehbar. Alles Chemie? Oder doch ein Wunder? Nur durch die Tabletten sei das gekommen. Sie wollen sich natürlich den Erfolg auf die Fahnen schreiben, meine Reflexion und Denkarbeit wird dabei gar nicht berücksichtigt. Ich hatte das Ursachenbündel identifiziert und mehrmals wöchentlich analysiert. Täglich mich mit der Arbeitslosigkeit und dem vorangegangenen Mobbing auseinandergesetzt. Und auch begriffen, dass ich offensichtlich nicht (mehr) stressresistent bin. Auf den Wahn folgte die echte Traurigkeit.

Ich will aufs Southside-Festival in die Nähe von Stuttgart fahren, weil Musik mein Ein und Alles ist und ich das Ticket schon vor Monaten gekauft hatte. Erst lüge ich Frau Kruse an, dass ich an jenem Wochenende zu einer Familienfeier nach H. müsse. Dann jedoch beschließe ich, die Gebote einzuhalten und ihr ehrlich zu sagen, dass ich auf Musikfestivals fahre, seit ich 16 Jahre alt war, und dass ich, wenn ich nicht mehr hinfahre, zum alten Eisen gehören und mich erst recht krank fühlen würde. Ich versuche sie zu überzeugen, dabei brauche ich das gar nicht. Sie traut mir zu, drei Tage allein im Zelt zu leben, die Gigs anzuschauen und heile wiederzukommen. Sie schreibt „Belastungstest" in meine Akte. Ich bekomme eine Urlaubsgenehmigung und darf per Bahn fahren. Anfangs überfordert mich vieles, vor allem mein mitzuschleppendes Gepäck auf der Bahnreise. Auf dem Gelände angekommen, helfen mir einige Jungs, die altersmäßig meine Kinder sei könnten, das Zelt aufzubauen. Die nächsten drei Tage bestehen aus Musikhören und -sehen, essen, trinken (nein, keinen Alkohol) und Bands abfeiern. Jedenfalls beobachte ich andere beim Feiern. Wie die sich freuen können! Warum kann ich das nicht? Konnte ich es je? Ich habe mal gelesen, dass Neugeborene zwar von alleine schreien und sich somit über etwas beschweren können, das Lächeln und sich freuen hingegen müssten sie erst durch Imitation lernen. Vielleicht habe ich es nie gelernt. Andere springen und hüpfen, grölen und winken, lachen und freuen sich. Ich bin stille Beobachterin, bin allein und schaue dem bunten Treiben zu. Ich freue mich nur innerlich am meisten, als eine meiner Lieblingsbands abends spielt, die mich schon seit über zweieinhalb

Jahrzehnte begleitet. Sie sind vertraute Seelenverwandte, jede Textzeile mitsingend freue ich mich über die Melodien, die so sehr die eigenen sind. Musiktherapie pur. Muss ich lernen, mehr im Hier und Jetzt zu leben, den Moment zu genießen, statt nur über Vergangenes zu grübeln oder mir um Zukünftiges Sorgen zu machen? Ich verlebe ein wirklich schönes Wochenende wie schon lange nicht mehr, wenn auch ohne überschäumende Freude. Und das ganz allein in einer Masse von 50.000 Menschen. Am schönsten wäre es gewesen, wenn M. auch hier gespielt hätte. Vielleicht habe ich das Lachen verlernt. Ist nicht vielmehr die Frage, ob ich es je gekonnt habe? Habe ich nicht all die Jahre eine Rolle gespielt, nach außen hin rumgekaspert, obwohl es mir innerlich ganz anders ging?

Frau Kruse sagt nach meiner Rückkehr, dass man bei mir keine eindeutige Klassifizierung der Depressionen vornehmen kann. Sie können psychogen sein, als Folge der Psychose bzw. mit der damit verbundenen Lebenskrise, sie können aber auch endogen, aus quasi unerklärlichen Gründen sein. Manchmal seien Depressionen auch einfach Folge der Psychose-Neuroleptika. Quasi reaktiv-sekundär. Ist es nicht letztlich egal, wie ihr meine Depression betitelt und klassifiziert? Exogen – endogen – psychogen - reaktiv. „Solange sie nicht reaktionär ist, soll mir das egal sein", sage ich, worüber sie lacht. Ach ja, ich kann wieder sarkastische Witzchen machen. Depressionen könnten aber auch keine Folge der Medikamente sein, sondern Teil des Heilungsprozesses. *Am I a part of the cure or am I part of the disease?* Hilft mir das weiter? Nicht wirklich. Alles ist mir so egal, so unwichtig, da ist die absolute Gefühllosigkeit. Der Vulcanier in mir hatte gesiegt, keine emotionale Regung mehr. *Bis du gar nicht mehr fühlst, dass du gar nichts mehr fühlst...*

Ist da eine Trauer in mir, die ich mit Worten gar nicht beschreiben kann? Trauer – worüber? Trauer würde einen Verlust voraussetzen. Über die eigene Wertlosigkeit? Über nicht erreichte Ziele? Bei Depressionen ist einfach ein ganz riesiges NICHTS in dir. Verzweiflung. Leere.

Die Wochen vergehen in ihrem starren Rhythmus, einen, den ich vielleicht brauche. Vieles fängt an, mich in der Tagesklinik zu langweilen, ich würde gerne andere Sachen in der Zeit machen, aber wenn ich abends gegen 17 h nach Hause komme, halte ich meine Augen nur noch bis zur

Tagesschau offen und schlafe dann ein. Ein geregeltes Leben voller Tagesrituale.

Was mich nun umtreibt, ist der Gedanke, mich bei allen entschuldigen zu müssen, die irgendwie mit mir Kontakt hatten, während ich psychotisch war und völlig abstruse Dinge tat oder sagte. Von wie vielen Menschen reden wir? Ich mache eine Liste. Der Polizeibeamte, von dem ich mich hatte abholen lassen wollen. Mich entschuldigen, den belästigt zu haben. Die Bäckereiverkäuferin, die ich am Tag des high noons angeschnauzt hatte. Mich dafür entschuldigen. Der Fahrschule-Inhaber, bei dem ich mich auf das bike gesetzt hatte. Tina, meine beste Freundin, mich bei ihr entschuldigen, dass ich wirres Zeugs gefaselt hatte. Das Klinikpersonal, die Ärzte. Ich schreibe und schreibe, die Liste wird immer länger, bei 300 höre ich auf, zu schreiben. Das sind zu viele, das schaffe ich nicht... ich müsste ja bei einigen erstmal rausbekommen, wer die waren und wo sie jetzt zu finden sind. Das ist zu viel, da bin ich ja Monate damit beschäftigt, mich zu entschuldigen. Nachdenken, grübeln. Ein anderer Gedanke spricht: Das war doch keine Absicht, das war eben die Psychose. Würden andere verstehen, was das ist? Soll man sich für etwas entschuldigen, wofür man nichts kann? Soll man sich unnötig outen, psychisch krank gewesen zu sein? Ist das nicht krank? Gelte ich dann nicht erst recht als Irre? Ist es nicht letztlich egal, was andere Menschen von mir bzw. über mich denken? Wozu also entschuldigen? Aber dennoch - irgendwie tut es mir leid, wie ich mich verhielt während der Psychose. Ich möchte mich hiermit offiziell bei allen entschuldigen, mit denen ich damals Kontakt hatte, die ich stresste, überforderte, verzweifeln ließ. Auch bei den mir unbekannten Leuten, die ich durch mein psychotisches Verhalten vielleicht geärgert oder genervt habe. Ich konnte nichts dafür, es waren die Botenstoffe in meinem Hirn, Sie verstehen doch?

All' die bitteren Momente. Meine Stimmung ist unerträglich, kaum noch auszuhalten. Der Oberarzt fragte mich, was die letzte Situation gewesen sei, die ich erinnere, „als die Dinge noch in Ordnung waren". Ich überlege, was er mit „den Dingen" meinen könnte. Waren meine persönlichen Dinge gemeint? Die Welt? Die politische Situation? Dann sage ich mit überzeugtem Tonfall: „Ich glaube nicht, dass die Dinge jemals in Ordnung waren." Damit habe ich unbemerkt ein Adorno-Zitat von 1969 in eine Oberarztvisite geschmuggelt und muss über mich selbst lachen. Frau Kruse korrigiert insofern, als dass die Frage intendiert hätte, wie lange bei mir die Zeit der unbehandelten Psychose gewesen sei. Ich rechne. Von Oktober 2002 an, würde ich sagen, da wurde mir gekündigt. Nein, wohl doch schon früher, als ich mit der Entscheidung, ob ich den Aufbaustudiengang in H. oder den Job in F. machen soll, schwanger ging, das war im Juli. Dann der Umzug, die neue Stelle, das Mobbing, die Kündigung. Vielleicht hatte meine Entlassung nur das viel beschworene Fass zum Überlaufen gebracht. Der berühmte Tropfen? Bis 5. Februar, bis zu dem Zusammenbruch in der Stadt, an dem lichtdurchfluteten Gebäude. 7 Monate. Das sei lange, sagt sie, deshalb könne es jetzt bei mir so lange dauern, bis ich alle Spuren der Psychose aufgearbeitet und verdaut habe. Und nun soll ich wenige Tropfen aus eben jenem Fass irgendwie wieder raus bekommen, rauskippen, ablaufen lassen, wegmachen? Wofür? Damit ich Neues überhaupt ertragen kann? Neue Tropfen? Ich hätte außerdem ein Defizit, mit dem Scheitern umzugehen, sagt Frau Kruse weiter. Ich weiß. Das bringt einem keiner bei.

Dennoch: die Psychose sei vorbei und ich müsse eine ambulante Therapie machen. Meine Zeit in der Tagesklinik sei von Anfang an begrenzt gewesen, auch wenn ich das nicht gewusst hatte. Noch mal zum Mitschreiben: Auf einmal heißt es Abschied nehmen. Meine Therapiezeit sei abgelaufen, nun müsse ich eine ambulante Therapeutin suchen und irgendwie alleine klar kommen. Das sagt sich so leicht. Wie soll ich das alles alleine schaffen? Ich habe zu allem Übel auch schon wieder 10 kg zugenommen.

7. Versuch des Allein-Klarkommens

Woche eins ohne Unterstützung der Tagesklinik. Es ist zunächst wie Schulferien haben. Man hat keine Verpflichtungen mehr, aber auch keine Pläne. Man hat zu viel Zeit zum Nachdenken. Ich gammele im Juli im Bett herum, schlafe viel, bevor plötzlich wieder die Schlaflosigkeit auftritt. Draußen scheint auch nachts die Sonne, so kommt es mir vor. Ist es tags oder nachts? Manchmal weiß ich es nicht so genau. Ich bin komplett lethargisch und habe Angst, wieder in den Dunstkreis einer Psychose zu geraten, nur weil mein Tag-Nacht-Rhythmus wieder völlig aus dem Gleichgewicht ist. Es müsste einen Knopf geben, auf den man drücken kann, der sofortigen

Schlaf oder absolute Wachheit regeln kann. Wie sich dazu zwingen, morgens aufzustehen, wenn man nichts vorhat und auch nichts vorhaben kann und will? Ich kann mich nicht entspannen, komme nie richtig zur Ruhe, die Grübelei nagt an mir. Nichts fühlend, leer sein, abgestumpft, mich kaum rühren könnend vor Antriebslosigkeit. Ich müsste aufstehen und was machen, ich weiß. Aber schon den ersten Punkt auf der Tagesordnungsliste, den des Aufstehens, schaffe ich nicht. Warum konnte ich wochenlang pünktlich um 9 h in der Tagesklinik sein und schaffe das allein aber eben nicht?

Daniel Hell schreibt: „*Je schwerer ein Mensch depressiv erkrankt, desto eingeschränkter ist seine Entscheidungsfreiheit.*"[25] Ich bin absolut entscheidungsunfähig: Gehe ich weg aus F.? und wenn ja, wohin dann? Esse ich jetzt was oder nicht? Soll ich heute Bewerbungen schreiben oder morgen? Ziehe ich überhaupt meinen Schlafanzug aus oder nicht? Wasche ich ab oder nicht? Soll ich unter Menschen gehen? In der Klinik nehmen sie dir genau diese Entscheidungen ab, bevormunden dich dadurch, aber sie entlasten dich dadurch eben auch. Vielleicht könnte jetzt einfach wer da sein, der

---

[25] Daniel Hell: „Welchen Sinn macht Depression? Ein integrativer Ansatz", Reinbek 1994, S. 186.

mir diese Entscheidungen erleichtert und mich darin unterstützt, wieder zu eigenen Entscheidungen fähig zu sein?

Da ist nur Albert als Kontakt. Ich rufe meine Freunde nicht mehr an, weil ich ihnen mein Dasein nicht erklären könnte, weil ich nichts Neues sagen könnte und ihnen auch nicht zuhören könnte. Sie haben nie Depressionen erlebt, sie können das gar nicht nachvollziehen. Sie haben sich eh alle zurückgezogen, und ich mich ihnen sozusagen entzogen. Vielleicht, weil ich leicht egoistisch geworden bin, die Welt dreht sich nur noch um mich, ich bin der Nabel der Welt. Ich suhle mich in Selbstmitleid, immer und immer wieder, regelrecht exzessiv und zelebrierend, ich bin nur Opfer der Welt, der Umstände, der Gene. Wir sind nicht mehr auf gleicher Augenhöhe. Ich würde an deren Stelle wohl auch so reagieren. Man verliert den Respekt vor Menschen, die nur noch um sich selbst kreisen. Bei Albert aber brauche ich mich nicht lange zu erklären, da stimmt die Augenhöhe auf einmal mit jemandem, den ich vor der ganzen Psychozeit hier wahrscheinlich nur verachtet hätte für sein Selbstmitleid und sein erbärmliches Dasein.

Ich kann mich zu nichts motivieren, meine Wohnung verdreckt und vermüllt. Ich ernähre mich nur von Brot, das ich mit dem ewig gleichen Messer beschmiere, damit ich nichts abwaschen muss. Ich sehe mir allen möglichen Schrott im Fernsehen an. Es gibt nichts, wozu ich Lust hätte. Alles ist reines Zeittotschlagen. Die Sonne verschwindet immer früher, läutet den bevorstehenden Herbst ein, dabei war doch gerade Hochsommer. Nur wenn ich von außen, von anderen gesetzte Termine bei Ärzten, Behörden oder sonst wo habe, stehe ich auf und ziehe mich an. Gehe ich dann pünktlich zu den Terminen hin, geht es mir ein bisschen besser, aber ich schaffe es willentlich nicht, mir selbst solche Termine zu setzen, z.B. um 14 h wird das Wohnzimmer gesaugt. Ich denke mir dann immer, dass ich das ja auch morgen machen könne und mache letztlich dann gar nichts. Nur auf äußeren Druck kann ich aufstehen und Dinge erledigen. Ich bräuchte jemanden, der mich kontrolliert, so wie Albert das betreute Wohnen hat. Ich fresse allen Kummer in mich hinein, bin lust- und willenlos, habe keinen inneren Antrieb dazu, etwas zu tun. Ich weiß, dass ich etwas tun sollte, dass sich was ändern muss, aber ich schaffe es nicht.

Schwermut. Trübsinn. Melancholie. Schöne Worte für das, was in mir nicht mehr ist. Da ist einfach nur Leere, nichts mehr. Keinerlei Emotionen. Es ist, als habe ich mir ein Panzerkleid zugelegt, das eigene Emotionen nicht zulässt und von außen an mich herangetragene Emotionen abprallen lässt. Und der stetige Grübelzwang. Über alles mache ich mir Gedanken, versuche, Vernetzungen herzustellen und zu analysieren. Grübele, ohne dass etwas Greifbares dabei herauskommt. Es scheint keine Lösung in Sicht, nur das permanente Hinterfragen und Grübeln. Einzig die Musik beruhigt mich.

Eintragung ins Nichts, das sind wir. Wir kommen ungefragt und gehen ungefragt, der Schmerz sagt ich, die Tränen werden hart und der Körper zeigt Schwäche. Eintragung ins Nichts, das sind wir, unbemerkt und schon vergessen, verrat ´ mir, wer sollte uns vermissen? Alles lebt auch ohne mich, geht seinen Gang und irrt nach Regeln, ich geh mit dem Licht, immer dem Anschein nach und dem Ende entgegen.

Das Arbeitsamt lädt mich ein, nein- vor, zu einer ärztlichen Untersuchung. Ich muss balancieren und auf einem Bein stehen, Bälle fangen und tausend Fragen zu vorherigen Krankheiten beantworten. Ich betone immer wieder, dass ich nicht körperlich krank sei. Blut wird abgenommen. Dann werde ich weitergeschickt zu einer anderen Ärztin, die mir zu den Depressionen Fragen stellt. Fragen, die so dämlich sind, das ich am liebsten lachen würde, aber dann würde sie mich ja nicht als depressiv klassifizieren. „Seit wann haben Sie das?" „Wodurch bekamen sie das?" „Was würde Ihnen helfen?". Ein Job würde mir helfen, oh Herr, schick Hirn vom Himmel! Der einzigen „Jobvermittlungsvorschlag", den ich in diesen Monaten seitens des Arbeitsamtes erhalten habe, bei dem es laut vager, nicht näher definierter Stellenbeschreibung um „Empathie und Einfühlungsvermögen" gehe und der „flexible Arbeitszeiten" habe, entpuppt sich bei meinem Anruf als Telefonsex-Hotline. Unglaublich. Meine Lungen blähen sich, um einen gewaltigen Schwall herzhaften Lachens freizugeben, mein Hirn schaltet sich mit der Bemerkung „sittenwidrige Arbeit muss nicht angenommen werden" ein, mein Magen spült Unverdautes in die Speiseröhre. Soll ich jetzt lachen, kotzen oder weinen? Ich kann alles drei nicht und bin nur fassungslos.

Ich lese in einem Buch über Depressionen, dass sie dazu da sind, um eine Verlustsituation zu bewältigen und quasi den

Körper schützen, der sich nicht anders zu helfen weiß. Verluste hatte ich viele erlitten, besonders seit dem Umzug nach F. Depressionen seien auch eine Art Vorkehrung der Seele, um Schlimmeres zu verhüten. Was meinen die mit Schlimmeres? Den Amoklauf? Die Psychose, die ich trotzdem hatte?

Ich weiß nicht was passieren muss, damit endlich was passiert. Alles dümpelt vor sich hin, ich kriege nichts auf die Reihe, auch wenn es mir damit besser gehen würde. Ich suhle mich im Leiden. Ich fange das Schwimmen an, muss mich dazu aber zwingen, vor allem erstmal mit dem Rad in die Schwimmhalle zu fahren, bin dann in einem anderen Element, aber es bringt nichts. Ich zähle dabei nur meine Atemzüge und warte darauf, dass die Stunde vorbei ist. Ich trete in einen Sportverein ein und fange an, wieder Volleyball zu spielen, aber die anderen sind Idioten, Anfänger und ich eventuell doch nicht für Mannschaftssportarten geeignet. Ich bewältige die Tage, verbringe die Nächte, nichts tut sich. Die Zeit vergeht nur klebrig zäh. Arbeitslos, wie ich bin, sinnlos, nicht mehr gebraucht, nutzlos, zutiefst gedemütigt. Alles würde sich ändern, wenn ich einen Job hätte, das spürte ich. Aber trotz zahlreicher Bewerbungen kriegte ich nur Absagen und fühlte mich schlecht. Die Medikamente, die Tagesklinik, alles machte mich wieder „sozialverträglich", wieder „gesellschafts-fähig". Aber eben jene Gesellschaft, in die ich mich zu integrieren versuche, spuckt mir nur Ablehnung vor die Füße.

In der Zeitung lese ich, dass Gott eine Projektion des Einzelnen sei. Man könne angeblich ein Gotteserlebnis neuropsychiatrisch erklären. Bestimmte Hirnregionen seien religiös ansprechbar und in denen zeige sich vermehrte Aktivität, wenn man über Religiöses spreche. Alles sei einfach ein Schädellappenschaden. Zudem gilt es als frühes Anzeichen einer Psychose, wenn man plötzlich „ungewöhnliche Interessen, z.B. für Religiöses" entwickele.[26] So einfach machen sich die Weißkittel das wieder einmal. Alles erklärbar, alles rationalisierbar. Ich nehme mir vor, mehr darüber zu recherchieren und vertage es doch immer wieder. Warum soll Interesse an Religiösem etwas Ungewöhnliches sein? Wäre es nicht eher ungewöhnlich, sich nicht dafür zu interessieren, woher wir kommen, was der Daseins-Sinn ist oder ob es einen kosmischen Plan gibt? Mein Gott ist kein

---

[26] www.psychose.de/wissen-ueber-psychosen-04.html unter dem Punkt „Veränderung der Interessen".

Schädellappenschaden! Und doch: *Alles ist nur Vorstellung, es ist weg, wenn ich es sage.*

Ich halte es nicht mehr aus, jeder Tag ist eine einzige Quälerei. Jede Minute allein kommt mir vor wie eine gefühlte Stunde, ich weiß nichts mit mir anzufangen. Ich bin entscheidungsunfähig und dennoch: Ich gehe zu einer Nachmittagsrunde in die Tagesklinik, wo sich normalerweise nur ehemalige Patienten treffen. Dort sind aber auch die Ärzte anwesend und genau deshalb gehe ich hin.

Ich berichte, immer noch keine ambulante Therapeutin gefunden zu haben, von meinem Alltag, der alles andere als geregelt ist, von meiner Unfähigkeit, den Alltag alleine zu bewältigen, von Tag-Nacht-Rhythmus-Störungen, von der Angst, dass sich alles wiederholt. Die leitende Ärztin sagt mir, ich könne Montag wieder in die Tagesklinik kommen.

8. Wieder in der Tagesklinik

September. Ich werde wieder mit allen Untersuchungen in der Tagesklinik aufgenommen, soll zudem andere Tabletten gegen die Depressionen bekommen, die Neuroleptika bleiben gleich. Wie viele auch hier noch ausprobieren? Es ist wie ein Riesenhausmeisterschlüsselbund, an dem über 100 Schlüssel hängen und nur einer davon passt, ist der Schlüssel zur Lösung. *Ich will Prozac haben.* Darüber hatte ich in den 1990er Jahren als echtes Wundermittel gegen Depressionen gelesen. Ich bekomme es aber nicht, weil meine Depressionen anders eingestuft werden und Prozac dabei nicht helfen würden. Ist ja klar, dass sie einem die Glückspillen nicht geben, wir sollen ja schließlich nicht glücklich werden, nur gesund und angepasst. Prozac könnte als Art „Soma" gelten, wie in A. Huxleys Zukunftsvisions-Roman „Brave new world", wo alle das schlucken, damit sie angepasst, zufrieden und ruhig gestellt sind. Bliebe die Frage, ob durch eine Glückspille wirklich die Psyche beliebig regulierbar sein kann. Aber: suchen wir nicht letztlich alle nach dem Nexus, so wie in der gleichlautenden Star Trek-Folge, dem Zustand unendlicher Glückseligkeit?

Alles ist so klebrig, so zäh wie Kleister. Die Zeit besteht aus Grübelei, Scheiss-Befindlichkeitsfixiertheit und einer Riesenportion Selbstmitleid. Warum bin ich so wie ich bin? Wie geht es mir wobei? Warum ich? Warum verdammt noch mal ausgerechnet ich? Nachdem es lange Monate in meinen Gedanken nur um die anderen, die „Adler", die Ärzte, meine Eltern, die Mitpatienten, die Gesellschaft, „die anderen" ging, werde ich hier ebenso wie in der Klinik zu sehr mit „Ich" konfrontiert. Und beginne auch fast jeden meiner Sätze mit „Ich". Egozentrik, um sich selbst überhaupt definieren zu können?

In der Gestalttherapie lautet das Thema Boxkampf und ich male einen festen Boxring. Interpretiert wird, dass, wenn mir ein äußerer Rahmen aufgezwungen wird, ich dann auch zu kämpfen begänne und versuche, eigene Interessen durchzusetzen. Ich bräuchte die äußeren Grenzen, um mich auszuleben und ich bräuchte sie auch als Struktur für mein Leben. Die Psychose hatte alles davon aufgeweicht und weggeschwemmt. Jetzt gilt es, sich selbst wieder Grenzen zu stecken und um deren Einhaltung bemüht zu sein. Da mag die Frau Kunsttherapeutin sogar ausnahmsweise mal Recht haben.

Ich schreibe die wohl wichtigste Bewerbung meines Lebens auf eine ausgeschriebene Stelle für das Museum in B., die ich unbedingt haben will. Das ist nicht nur mein Beruf, sondern meine eigentliche Berufung, mein Lebenssinn. Das ist meine absolute Traumstelle, bei deren Einrichtung ich mitgeholfen hatte, weil es sie vor meiner Arbeit dort gar nicht gab. Ich hatte mit meiner Diplom-Arbeit die Grundlage dafür gelegt, dass diese Stelle überhaupt eingerichtet, institutionalisiert und bezahlt werden würde. Eigentlich ist es doch sicher, dass die mich jetzt einstellen, ganz sichere Sache, schließlich steht mir das doch auch irgendwie zu. Ich schreibe drei Tage lang verschiedene Versionen, lasse gegenlesen, feile an jedem Wort herum. Dieser Brief wird mein Leben verändern, das fühle ich. *Keine Stufen von Grau, sondern schwarz oder weiß.* Dieser Job ist perfekt für mich und ich bin perfekt für ihn. Es gibt nur diesen Plan, Plan A, Berufung braucht keinen Plan B. Diese Stelle ist bezahlte Arbeit für meine Passion. Lass uns neu anfangen, alles wird gut. Ich küsse den Umschlag der Bewerbung, als ich ihn zur Post bringe.

Anrufe auf Wohnungsannoncen ergaben, dass Arbeitslose die Paria der Gesellschaft sind, niemand will sie. Schon vor einer möglichen Besichtigung heißt es: „Wir brauchen ihre Verdienstbescheinigung". Obwohl die Miete vom Arbeitsamt übernommen und pünktlich gezahlt werden würde, will man uns nicht als Mieter. Schließlich sind wir ja den ganzen Tag zuhause, wie furchtbar. Meine Wohnungsgenossenschaft teilt mir zudem mit, dass sie mich aus der Kartei der Wohnungssuchenden herausgenommen hätten, schließlich gäbe es dringendere Fälle. Ja klar, Leuten, denen es nach völlig subjektiven Kriterien noch schlechter geht, gibt es immer. Ist das ein Wettbewerb, wem es am schlechtesten geht? Können andere besser jammern als ich? Ich habe ein Dach über dem Kopf, das muss reichen in dieser Gesellschaft. Alles andere sind überhöhte Ansprüche, die mir als Arbeitsloser nicht zustehen.

Ich muss auch lernen, dass Nichtstun nicht identisch mit Faulsein ist. Entspannung und genießen können, das waren bislang Fremdworte. Nur weil ich körperlich nichts tue, heißt es also noch lange nicht, dass ich faulenze. Meine Seele verarbeitet und verdaut. Mein Geist sucht sich zu entspannen, die Batterie wieder neu aufzuladen. Mein Perfektionismus steht dem natürlich immer im Wege. Warum muss ich immer etwas tun? Und warum muss dies dann meinen eigenen hochgesteckten Erwartungen entsprechen? Warum will ich immer perfekt sein? Ich muss herausfinden, was das Leben wieder lebenswert macht, sonst nutzt das alles hier nichts.

In einer Gruppenbesprechung sagte Albert einmal, sein Lebensmotto sei: „Was auch immer geschieht, ich werde es überleben" und spricht mir damit aus der Seele, nur dass ich mir nicht mehr sicher bin, ob ich es wirklich überleben würde. Später fragt er sich und mich, ob es reiche, zu überleben, ob man nicht nach Positivem, nach Verbesserungen streben müsse. Erst einmal zählt das nackte Dasein.

Ich besuche auf Drängen der Tagesklinik eine Informationsveranstaltung im Beruflichen Trainingszentrum. Dort soll ich mich für eine Trainingsmaßnahme anmelden, aber eigentlich gefällt es mir dort gar nicht. Ich wüsste nicht, wie die mich weiterbilden sollten, akademische Berufe betreuen sie nur in Ausnahmefällen. Ich trage mich trotzdem in die Liste ein und harre der Dinge, die da kommen mögen.

Wir sehen den Film „A beautiful mind" an, in dem es um einen schizophrenen Wissenschaftler geht. Ich kenne den Film schon, hatte ihn in H. im Kino angesehen und alles auf meinen Vater bezogen. Jetzt betraf es auch mich. Der hatte auch so eine Zettelwirtschaft wie ich, der Kranke. In der nachfolgenden Diskussion sagte ich, dass ich deren Definition von Schizophrenie nicht gut finde. Aber dass der Film zeige, dass auch jemand mit Psychose großartige Dinge entdecken und wissenschaftlich erforschen könne, bis hin zum Nobelpreis. Therapieziel für heute erreicht, genau das sollte die „Lehre" aus dem Film sein.

Frau Kruse ist auf einmal nicht mehr an der Tagesklinik tätig, sie arbeitet jetzt in einem Uni-Institut. Ich vermisse sie sehr. Mit meiner neuen Therapeutin, Frau Primadonna, komme ich nicht so gut zurecht, sie ist ja eigentlich die Kunsttherapeutin. Sie will mich dahin bringen, Arbeit anders zu definieren, mein Selbst nicht mehr über vorhandene oder nichtvorhandene Jobs zu definieren. Ich aber denke, dass nur ein Mensch, der tätig ist, der ein Werk zu erfüllen hat, der sinnvolle Arbeit verrichtet, ein wirklicher Mensch ist. Ich denke, dass jeder Mensch seiner Bestimmung folgen sollte und bei mir ist das eben die Bildungsarbeit. Das kann ich am besten, das ist eine gottgegebene Gabe. Jede Therapiesitzung mit ihr dreht sich um dieses Thema, sie will mich hinbiegen, sie will mich davon abbringen, aber ich bleibe bei meiner Überzeugung, es nervt uns beide. Sie redet von „Perspektiven entwickeln", ich empfinde es aber, als will sie mir mein bisheriges Leben ausreden. Wenn ich mich nicht mehr als Wissenschaftlerin definiere, das was ich mir hart und lang andauernd erkämpft habe, was bleibt mir dann noch? Soll ich mich für meine Bildung schämen?

Ich höre und sehe eines Tages, dass die „Adler" über mir in meinem Haus doch tatsächlich ausziehen. Die Personen, die mir jeden Tag in dieser Stadt, in der alles hätte gut werden können, regelrecht zur Hölle gemacht hatten. Sie schleppen und wuchten, fluchen und schieben, aber ich kann mich gar nicht richtig darüber freuen. Sie gehen endlich weg, aber was mag folgen? Sie haben sich nie dafür entschuldigt, mich real verfolgt zu haben. Vielleicht wussten sie nicht, was sie damit angerichtet haben. Ihr Jugendverband existiert ja weiter. Ich lese später in der Zeitung von dem Prozess, der entscheidenden Gerichtsverhandlung über ihre hinterzogenen Gelder. Da steht, dass sie Mitarbeiter drangsaliert haben, bei ihren krummen Geschäften mitzuwirken. Das hatte ich mir also nicht nur eingebildet, das war wirklich passiert, war real und hat jetzt reale Konsequenzen! Und dennoch befriedigt es mich kaum, ja, ich habe sogar Rachegedanken. Die konnten sich doch nicht mal annähernd vorstellen, was ihr Mobbing bei mir auslöste. Und nun kommen sie mit einer Geldstrafe davon, ist das gerecht? Ist das eine angemessene Strafe dafür, jemanden terrorisiert zu haben? *Ich glaube eher an die Unschuld einer Hure, als an die Gerechtigkeit der deutschen Justiz.*

Ich habe mich auch bei diversen Instituten als Nachhilfelehrerin beworben und tatsächlich eine kleine Gruppe Grundschüler zugeteilt bekommen. Ich darf die Tagesklinik dafür stundenweise verlassen, bin *draußen auf Kaution.* 4 Stunden Unterricht pro Woche, schlecht bezahlt. Wie wichtig es doch ist, lesen und schreiben zu können. Kann ich ihnen das vermitteln? Ich nehme mir viel vor. Die Kinder sind wirklich nett, als ich sie kennen lerne. Anfangs haben beide Seiten Hemmungen voreinander, dann merken sie, dass man mit mir ernsthaft lernen, aber auch in Pausen richtig viel Quatsch machen kann. So verbringe ich Woche um Woche mit ihnen. Die Kinder tanzen auf meinem eh schon brüchigen Nervengebilde. Wenn sie laut herumschreien, möchte ich sie am liebsten schlagen, dass sie ruhig werden. Früher war ich als Pädagogin nicht so labil. Jetzt warte ich einfach nur entnervt ab, bis sie sich beruhigen. Sie sind Kinder, sie haben ein Recht darauf, herumzuspielen und laut zu sein. Aber sie lernen schlussendlich alle was, alle bestehen die Versetzung in die nächste Klasse. Ich sollte stolz auf mich sein und bin es doch nicht. Die Institute wissen nichts von meiner Krankheit, die nunmehr Depressionen heißt und nicht mehr Psychose. Es gibt dabei kein einziges Licht am Horizont, keine Hoffnung auf Besserung. Ich vegetiere vor mich her, wie ein erschlagenes Tier. Ich besuche die Tagesklinik wie ganz normal, doch ist mein Herz ganz woanders.

Mein derzeitiges Leben ist ein einziges Riesen-Geduldsspiel. Wie lange halte ich es aus, kein Geld zu haben, wie lange lebe ich ohne Arbeit, wie viel Geduld brauche ich, bis eine Veränderung eintritt? Meine Seele weint, aber die Tränen vertrocknen im Kanal, dringen nie nach außen. Außerdem haben die neuen Pillen dafür gesorgt, dass ich nicht mehr stillsitzen kann, meine Beine tippeln immer umher, als ob ich dringend auf Toilette müsste. Herumzappeln, tippeln, trippeln, ist alles was ich kann. Außerdem habe ich schon wieder 6 kg zugenommen, als ob ich nur Fressanfälle gehabt hätte.

Ich darf auf einen wissenschaftlichen Kongress fahren, von dem ich mir neue Erkenntnis verspreche. Ein junger Mann spricht mich an, weil wir alle Namensschilder tragen, er habe meine Arbeiten gelesen. Sven heißt er. Wir unterhalten uns mühsam, weil ich der Kommunikation mit Fremden einfach noch nicht gewachsen bin. Ein fachlicher Austausch beginnt, schnell sind wir uns in pädagogische Fragen einig. Privat anmutende Fragen blocke ich erstmal ab. Er lässt nicht locker, will mich näher kennen lernen. Ich bin höflich distanziert zu ihm. Erst am zweiten Abend betrachte ich ihn näher und merke, dass er gar nicht so schlecht aussieht, intelligent und witzig ist, charmant sein kann und auch hinsichtlich des Feminismus einiges bereits kapiert hat. Er ist ein paar Jahre jünger als ich, aber davon merkt man nichts. Mein gebeuteltes Herz stellt sich gedanklich vor, wie es wäre, sich in diesen Sven zu verlieben. Alles ist theoretisch, wo normalerweise einfach spontan ein Gefühl auftreten würde. Mein Hirn wägt ab: Zu viele Faktoren sprechen dagegen, er wohnt zu weit weg, er ist jünger, er ist gesund. Als ob er meine Gedanken lesen könnte, spricht er von unserem zweiten „Date" und versucht, mich durch Witzeleien aufzumuntern. Ich verzerre das Gesicht zu einem Lächeln, ohne wirklich lächeln zu wollen. Er sagt, dass ich bestimmt lange nicht gelacht habe. Wir sprechen über Musik und finden Bands, die wir beide gern mögen. Wir machen lange Spaziergänge. Ein Mann zum Verlieben, wenn ich nur dazu fähig wäre. Ich kämpfe gegen die Traurigkeit in mir an und verliere doch nur. Am letzten Seminartag spricht er davon, Beziehungen auf Distanz nicht lange halten zu können. Wer redet hier von Beziehung, wenn ich mich nicht mal verlieben kann? Wir tauschen Adressen und wissen doch beide, dass wir uns verlieren werden.

Und genau so ist es dann auch. Zwei Briefe, Austausch von CDs, ein Geständnis der Krankheit, ein kurzes aufgeregtes Telefonat und dann ist es zu Ende. Ich dachte, ich hätte ihm wirklich vertrauen können. Normale Menschen gehen eben anders mit psychischen Erkrankungen um, ich hätte es wissen müssen.

Sven war eine nette Abwechselung. In der Klinik sind auch jede Menge neuer Patienten, aber ich kann mit niemandem was anfangen, die meisten interessieren mich gar nicht. Ich mache meine Kurse, nehme an Gesprächen körperlich teil, lasse mich zulabern und hoffe auf Besserung, die nicht eintritt. Und ich warte auf eine Entscheidung über meine Zukunft, als ob die vom Himmel fallen würde.

9. Suicide is alright

Eines Freitagabends im Oktober überlege ich wieder konkreter, wie ich mich selbst umbringen würde. Es ist nämlich unaushaltbar geworden, wirklich nicht mehr erträglich. *Gestern, in meinem Zimmer, kroch etwas in mich hinein. Es kam von außen, ich weiß es genau, ein neues Bild von mir.* Nach meiner Bewerbung auf die Stelle, die ich mir quasi selbst geschaffen hatte, erhielt ich heute meine Unterlagen mit einem kurzen aber höflich-förmlichen Vermerk des Direktors, den ich persönlich kannte, zurück. Absage. Nicht mal zum Vorstellen eingeladen. „Für jemand anderen entschieden". Maßlose Enttäuschung. *Dann die große böse Schwester der Hoffnung, ihre Waffe das Schwert, ihr Name Enttäuschung, mit einfachen und klaren Sätzen, die einmal kurz klarstellen: anders als gedacht, mein Schatz.*

Ich hatte Jahre meiner geistigen Arbeit für diese Stelle aufgewendet, mein Denken umkreiste sie. Und nun die förmliche Absage, als wäre ich dort nicht einmal persönlich bekannt. Alles war korrekt an mich adressiert, ich konnte es also nicht für einen Verwaltungsirrtum halten. Ich habe die Absage meines Lebens erhalten. Alles oder nichts, darum ging es. In diesem Fall: Nichts. Es gab nur Plan A, der nun abgelehnt wurde. Eine Welt bricht zusammen. Ich zähle die Tabletten, die ich noch besaß. Sie würden nicht reichen. Alkohol hatte ich auch nicht im Haus und der Kiosk war schon geschlossen.

Ich hatte zudem eben das agreement mit der Tagesklinik gebrochen. Wir hatten dort vereinbart, den Umschlag aus B. gemeinsam aufzumachen. Was bedeutete ein großer Umschlag anderes als eine weitere Absage? Also konnte ich den auch selbst aufmachen. Ich schlafe diese Nacht gar nicht. Ich überlege, wo ich weitere Tabletten haben könnte, stehe auf und suche sie, und finde nur wenige. Eine begonnene Tablettensammlung. Mein Entschluss steht jedoch fest, wenn auch aufgeschoben, bis ich mehr Pillen haben würde.

Am Morgen danach fahre ich zu meiner Freundin nach T., die die Absage auch kaum glauben konnte. Ich erlebe dieses Wochenende wie paralysiert, habe auch keine Erinnerung mehr daran, was wir gemacht haben oder über was wir uns

196

unterhielten. Ich bewegte mich und aß und trank, aber in mir war etwas gestorben. Ein Lebenstraum, der gescheitert war. Passion heißt also Leidenschaft, die Leiden schafft. Etwas, für das ich keine Worte hatte, und selbst wenn, dann würden sie nicht ausreichen, um zu beschreiben.

Sonntagnacht kam ich zurück, immer noch fest entschlossen, das alles zu beenden, wenn nur genug Pillen da wären. Ich plante konkreter und schrieb Abschiedsbriefe bis in die Nacht. Ich verschlief dadurch und begab mich verspätet Montagmorgen zur Tagesklinik.

Dort herrschte helle Aufregung, aber ich wusste noch nicht warum. Später erfuhr ich von der Tischnachbarin, dass meine Therapeutin die Bullen verständigt hätte, weil ich über die Zeit hinaus war und die Bullen bei mir vor der Tür gewesen seien und versucht hatten, sie aufzubrechen. Die befragten zudem alle Nachbarn, auch die neue Übermieterin, die ich noch gar nicht kenne. Wie soll man das erklären ohne sich zu outen? „Ja, die wurden informiert, weil ich psychisch krank und suizidgefährdet bin"? Die arme Sabine bekam wohl einen völlig falschen ersten Eindruck von mir.

Vor der Mittagspause erfuhren wir dann alle den Grund der Panik: Manuel hatte sich umgebracht. Ein Mitpatient, mit dem ich ein wenig zu tun hatte, weil er genauso in Geschichte lebte wie ich. Er, der sich so gewählt ausdrücken konnte, der Schriftsteller. Aufgehängt, einfach so, konsequent. Da konnte auch sein Therapeut nicht helfen. Es schien wie Manuels letzter Triumph über Dr. Ennemeier, der ihm immer falsche Hoffnungen gemacht hatte. Erst waren es nicht enden wollende Tränen bei Manuel, aber Suizid ist weit jenseits von Tränen, nur noch die Leere und der Entschluss. Jetzt sollten wir in einem Gruppengespräch unsere Gefühle dabei beschreiben. Wie drückt man stille Bewunderung aus? Ich überlegte. Er war mutig und konsequent, ich hatte mich nur in Plänen verstiegen. Was in meinen Gedanken passierte, setzte er in die Tat um, zu genau dem gleichen Zeitpunkt, am Freitagabend. Er war sofort tot, ohne Schmerzen. Starb er an meiner Stelle? Da hat sich jemand an meiner Statt das Leben genommen, den Freitod gewählt. Jedes Jahr sterben Tausende an Selbstmord, aber das war was Besonderes, schien mir. Ich sagte was von Ende gefunden für sein Leiden, dass er es hinter sich hat, und stammelte nur herum. Zu beschäftigt war ich mit meinen eigenen Hirnwindungen. Er hatte wie ich keine Hoffnung auf Besserung empfunden, jeder Tag war Quälerei, geistige, wohlgemerkt. Ich würde ihm folgen. Vielleicht starb er anstelle von mir. Wenn man keine Hoffnung, keinen Glauben und keine Liebe mehr hat, ist es absolut okay, den Freitod zu wählen, finde ich.

Ich erfuhr nach einem eilig anberaumten Einzelgespräch, dass sie mich zurück in die Klinik Hohe Mark bringen wollen, wegen dem, was ich da über Manuel gesagt hatte. Es war mir egal. Ob ich hier saß und nachdachte oder dort. Und doch war es Überwindung, wieder als jemand abgestempelt zu werden, die der Beaufsichtigung bedarf. Kann ein Mensch, den andere begutachten und diagnostizieren, genau dagegen noch Protest entwickeln? Ich resignierte, fuhr nach Hause, packte die notwendigsten Sachen (diesmal nur wenige) und wurde nachmittags zur Klinik gebracht. *Der Mord fiel aus.*

In der Klinik bekomme ich auf einer anderen Station als im Februar ein Einzelzimmer, weil gerade viele frei waren. Ich habe genug Zeit zum Nachdenken nötig. Ich spreche mit niemandem, und wenn doch, dann nur einsilbig. Dr. Maus war ch diese Woche nicht zugegen. Ich esse Schokolade in exorbitanten Mengen und fühle mich besser, scheiß doch auf Gewichtszunahme. Ich bekomme wieder andere Tabletten und kann gut schlafen. Nach meiner dritten Nacht dort erwache ich aus einem eigentlich keiner weiteren Deutung bedürfenden Traum: In der Ausstellung in B. wurde mir eine Besuchergruppe während meiner Führung durch eine pinkfarbene Person einfach so weggenommen, wie entführt. In meinem Traum stand ich ohne Besuchergruppe da und schrie immer „Das war doch abgemacht! Das stand mir doch zu!" Im Klinik-Innenhof singt jemand tatsächlich „So ein Tag, so wunderschön wie heute" als ich erwache. Der hat Nerven. Ich drücke das Fenster auf und pöbele ihn an, dass er die Klappe halten soll. Ich darf das, ich gelte ja als verrückt. Er lässt sich aber nicht beirren und singt endlos weiter. Der ist ja auch verrückt.

Die nachfolgenden zwei Wochen bestehen darin, meine ausnahmslos gewalttätig gewordenen männlichen Mitpatienten beim Essen zu taxieren. Tolle Gesellschaft. Ich wünschte mir die gleichen Mitpatienten vom März herbei. Hier auf der Station werden Tischgebete gesprochen, man hat keine Wahl, ob man daran teilnehmen möchte oder nicht. „Alle guten Gaben.... kommen oh Herr von dir". Hm, sind es denn nur die guten Gaben, was ist mit den schlechten? Und warum reißen sich meine Mitpatienten so darum, von der Schwester die Erlaubnis zu bekommen, das Tischgebet für alle laut aufsagen zu dürfen? Suchen die nach Absolution und Vergebung? Ich liege eigentlich nur im Bett, höre Musik über Kopfhörer, stopfe tafelweise Trauben-Nuss-Schokolade in mich hinein, die ich eigentlich gar nicht mag, schlafe, dusche, gehe zum Essen. Es ist ein bisschen wie im Hotel. Auf die verschiedenen Therapieangebote hatte ich schlichtweg keinen Bock und sage das auch bei jeder Gelegenheit. Ich sei hier zur „Krisenintervention", sagen mir die Weißkittel, dabei ist mein Leben zu einer Dauerkrise geworden. Eine junge Ärztin unterhält sich mit mir, sie wirkt verständnisvoll und wie „eine von den Guten". Andere Patienten werfen ihr ganzes Leid dem Therapeuten vor die Füße, ich mache ja meistens alles mit mir selbst aus. Bei dieser Ärztin fasse ich jedoch schnell, zu schnell Vertrauen und berichte offenherzig von meiner Tablettensammlung, daraufhin wurde eine Schwester delegiert, mein Zimmer zu durchsuchen. Als ich ihr sage, dass ich die Sammlung zu Hause habe, fährt sie mit mir dorthin und lässt sie sich aushändigen. Sie zählt sie durch und meint, doch, es hätte gereicht. Scheiße, jetzt waren sie einkassiert und es würde ewig dauern, wieder so viele anzusammeln.

Tage des Nachdenkens folgten. Gefühlte Wochen eher. Das ist kein KZ hier, aber ich fühle mich bestraft und eingesperrt, weggesperrt, bis ich wieder zumutbar geworden bin. Ich hatte diesem Aufenthalt hier nur zugestimmt, um die Tagesklinik zu beruhigen. Die hätten ob suizidaler Ansichten zu viel Angst und Stress meinetwegen. Wochen des Musikhörens und Herumdümpelns. Weinen geht nicht. Auch wenn die Enttäuschung so tief sitzt, so bitter ist. Le chaim, hatte ich mich nicht schon so oft für das Leben entschieden? Hatte mein Volk bei der Wahl zwischen Leben und Tod nicht immer das Leben gewählt, vielleicht mit Ausnahme von Massada? Ich hatte laut Ärztin mit Insuffizienzgefühlen zu kämpfen, also dass ich meinen eigenen Ansprüchen nicht genüge und auch nicht genügen kann, dass ich mich selbst nicht als wertvoll erachte. Ja, da hatte sie Recht. Wenn ich mich ein für allemal für das Leben entscheiden würde, dann müsste es auch Sinn machen und Zukunft haben.

Ich begriff: Ich entscheide mich doch jetzt jeden Tag neu für das Leben. Ich hatte eh keine Tabletten mehr. Dadurch war mir auch ein gewisser Druck genommen. Ich musste die nicht mehr schlucken, nichts und niemand zwingt mich dazu. Manuel war tot, reichte das nicht? Einer war für mich, an meiner Stelle, gestorben.

Ich musste nicht sterben, ich musste etwas verändern.
Es ist nicht der Fall, dass ich generell nicht mehr leben wollte, sondern: ich wollte so, in diesem Zustand, nicht mehr leben!
Ich wollte diesen Zustand der Passivität schlichtweg nicht mehr.
Ich wollte nicht immer nur Erleidende, Ertragende, Aushaltende, Duldende sein, ich wollte Handelnde sein.
Und selbst wenn es nur darum ging, ein letztes Mal zu handeln, aber ich wollte agieren statt reagieren. Nicht erleidender Mensch sein, sondern handelnder. Nur, wie setzt man diese Erkenntnis realistisch im Alltag um?
Und einsehen zum Schluss, dass man weitermachen muss....

Nach drei Wochen Klinik kann ich zum ersten Mal seit dieser ganzen Psycho-Scheiße weinen und tue dies stundenlang. Selbsterkenntnis. Alles spült aus meiner Seele hinaus. *Deiche brechen richtig – oder eben nicht.* Es geht mir danach ein winziges bisschen besser.

Die Ärztin beschließt, dass ich die Voruntersuchungen zu Lithium machen soll, obwohl Lithium nur bei manisch-depressiven Patienten gegeben werde und ich nicht manisch sei, aber einen Versuch sei es wert. Dazu muss ich sämtlichen Urin eines Tages sammeln. Den in eine viel zu kleine Öffnung eines Plastikkanisters pinkeln. Schwere Aufgabe. Da mir diese nicht beim ersten Mal geglückt ist, soll ich das noch einen weiteren Tag lang machen, dann EEG, EKG, Röntgen, usw. Ich lasse alles geduldig über mich ergehen. Mein Davidstern-Ohrring geht bei einer Untersuchung im Waschbeckenabfluss verloren. Ist das ein Zeichen Gottes? Eine Frau auf der Station, die manisch war, berichtet mir von Lithium als wirklichem Wundermittel. Na, da sind wir ja mal gespannt.

Ich lese in einem anthroposophisch angehauchten Buch über psychische Krankheiten, dass jede Krankheit ihren Sinn habe. Ich denke darüber nach und befinde es für Schwachsinn. Ich kann nichts für meine Krankheit, ich habe sie mir auch nicht ausgesucht, wie die Autoren behaupten. Ich habe sie einfach bekommen und grübele über das, was sie mir möglicherweise zu sagen hat, über mich und meine Identität, aber sie hat mir einfach nichts zu sagen.

10. Nächster Versuch

Ende Oktober. Ich darf wieder in die Tagesklinik, allerdings nur für 8 Wochen, das wurde mir von Anfang an eingeimpft, ich sei schließlich schon so was wie hospitalisiert und viel zu lange dort, sagt der neunmalkluge Oberarzt. Ja, ich weiß, dass ich schon zu lange hier bin. Ich müsse lernen, alleine durchzukommen, sagt er. Ich hätte das Vertrauen der Tagesklinik auch insofern missbraucht, als dass ich die Tabletten gesammelt habe, um mich umzubringen, statt sie einzeln zu nehmen. Ja, okay, habe ich kapiert. Ich weiß mittlerweile aber auch ganz genau, was ich wann sagen muss, damit ich noch eine weitere Woche Verlängerung bekomme. Albert ist nicht mehr da. Dafür telefonieren wir häufig und treffen uns ab und zu in Cafés. Er wird nach und nach zu meiner einzigen Bezugsperson.

Was soll nur werden? Zukunftssorgen stehen bei mir im Mittelpunkt. Und ich meine nicht nur die unmittelbar auf die Tagesklinik folgende Zukunft, sondern generell alles was morgen und danach geschehen wird. Ich lerne Dr. Holländer, der zur Tagesklinik gewechselt hat, besser kennen. Er oktroyiert mir ein Zahlensystem auf, in das ich mich immer einordnen soll. Auf einer Skala von 1 bis 10 ist 10 die Erträglichkeit, das okay-Fühlen, also nicht die Supergutelaune, nur das Aushaltenkönnen. Warum ist „Aushaltenkönnen" der beste Wert? Das ist doch nicht erstrebenswert. Ich kritisiere seine Skala eine Therapiesitzung lang und ordne mich dann bei 2 ein. Das ist sicherlich nicht viel, aber es ist mehr als null.

2 steigert sich maximal auf 4, dann ist Schluss. Ist das Leben je erträglich? Ich schlucke täglich 2x Lithium, 2x Neuroleptikum, 3x Antidepressivum, 1x Mittel gegen Nebenwirkungen, 1 Saft gegen Verstopfung, 1 Schlafmittel. Ich frage mich, wie mein Körper das alles überstehen wird. Ich habe eine Tablettendosierhilfe gekauft, wo man die Wochenration einsortieren kann, meine platzt fast aus allen Nähten. In der Tagesklinik sind inzwischen nur nervige Leute und die üblichen Kiffer-Psychosen. Ich nehme an allen Angeboten teil, lerne ein bisschen besser kochen,

initiiere eine Singgruppe, die dämlichste Volkslieder und christliche Chorgesänge einstudiert, weil wir keinen anderen gemeinsamen Nenner finden können und ich mich als Minderheit füge, schlucke meine Pillen und verstumme immer mehr. Ich funktioniere wie ein Roboter, der genau weiß, was er wann zu sagen hat und wann er sich wie zu verhalten hat. Zeit vergeht wie im Fluge. *Drei Erfahrungen später, fünf geplatzte Träume, und gut und gerne ein verlorener Glaube.*

Als ich Einsicht in meine Krankenakte verlange, um überhaupt mal eine Diagnose zu erfahren, steht da plötzlich eine andere Zahl: F 32.2, ich habe mich also zu einer anderen Nummer hochgearbeitet? Im Internet suche ich das und finde „depressive Störung, gegenwärtig schwere Episode". Nun denn, dann soll das wohl schwer sein. Später bringe ich es noch zu F 33.2 und lerne, was „rezidivierend" bedeutet, na schönen Dank auch.

Frau Primadonna nervt mich damit, mir meinen Sinn des Lebens ausreden zu wollen. Meiner ist aber nun mal, Leuten Bildung über die Menschheitsgeschichte zu ermöglichen, punktum. *Den Traurigen die Welt erklären.* Menschen zu zeigen, wie wichtig Geschichtsbewusstsein ist und dass wir aus der Geschichte lernen müssen, wenn wir wollen, dass alle Menschen auf diesem Planeten ein gutes Leben haben. Die Welt retten, na klar. Zuviel erwartet? Zu hohe Ansprüche an das Leben? Sie stellt noch dazu generell mein Arbeitsethos in Frage. Man solle sich nicht nur über einen Job definieren. Sie hat nichts verstanden. Es geht nicht um einen Job, sondern um meine Berufung. Das wirklich Absurde ist jedoch, dass ausgerechnet sie, die freiwillig x Überstunden jede Woche macht, voll und ganz in ihrer Arbeit als Therapeutin aufgeht und mir sagt, sie sehe ihren Lebenssinn in der therapeutischen Arbeit, ausgerechnet sie will mir mein Arbeitsethos als Lebenssinnstiftung ausreden....

Ich habe beschlossen, sie einfach labern zu lassen und nichts mehr dazu zu sagen. Es ist alles gesagt, jedenfalls von meiner Seite. Sie echauffiert sich, ich würde die Therapieziele verweigern, ich sei sogar therapieresistent. Vielleicht tue ich das, aber nur weil ich finde, dass Therapieziele immer gemeinsam mit dem Patienten festgelegt werden sollten und nicht einfach einseitig durch die Therapeutin beschlossen. Also gut, ich verweigere. Und komme so natürlich nicht weiter.

Ich telefoniere fast täglich mit Albert, mein einziger Kontakt. Er hört zu, er ist für mich da, ganz im Gegensatz zu meinen alten „Freunden". Er sagt mir, wie ich an eine ambulante Therapie komme und ich besorge mir von der Krankenkasse die Listen zugelassener Therapeuten. Das Aussortieren ist schwer, Männer will ich nicht, in meinem Stadtteil gibt es niemanden. Ich entscheide nach Erreichbarkeit. Wer eine telefonische Sprechstunde hat, kommt in die engere Auswahl. Ich vereinbare Probegespräche. Therapeutin A sieht aus wie eine Oberlehrerin, B dagegen schreibt sich nie was mit, C zeichnet es sogar auf Band auf. B stellt mir aber die besseren, weil mich weiterbringenden Fragen. Ich entscheide mich für B, Frau Iversen und vereinbare ab Januar Termine bei ihr.

Das Berufliche Trainingszentrum lädt mich zu einem ersten Kennenlernen ein und die beiden Frauen, die mich beraten sollen, haben eine niedrigere Ausbildung als ich. Wie sollen die mir helfen? Sie reden über Büroorganisation, Heimarbeit und Bewerbungshilfe, aber von keiner zu erwerbenden Qualifikation, die ich so dringend bräuchte. Sie würden nur bestehende Kenntnisse aufbessern, mich aber nicht weiterbilden. Was soll das Ganze dann? Ich bitte mir Bedenkzeit aus und gehe.

Ich merke, dass die Tagesklinik mir nicht mehr hilft, ich will auch gehen. Dann kommt der Tag der Entlassung im Dezember. Jahresrückblick angebracht: Vor einem Jahr hatte alles begonnen. Oder doch schon vorher? Ich erinnere mich, dass ich in diesem unglaublich heißen Sommer letzten Jahres heulend verzweifelt in der abgedunkelten Wohnung in H. saß und mit der Entscheidung schwanger ging, ob ich die Stelle in F. annehmen solle oder doch lieber den interdisziplinären Aufbaustudiengang in H. machen sollte. Niemand half mir dabei. Im Gegenteil, meine Freunde meinten, beides wäre nichts für mich. Die hatten auch nicht schon ein Jahr faktische Arbeitslosigkeit und tatsächlich abgeleistete Leiharbeit hinter sich. Es hätte ein Neuanfang werden sollen. Was wussten die schon? Denken die ernsthaft, man könne sich noch Arbeitsplätze aussuchen? Wie so oft zuvor war ich enttäuscht von Menschen, die sich Freunde nannten. Immer dann, wenn ich wirkliche Freunde gebraucht hätte, waren sie <u>nicht</u> für mich da. Auch so ein roter Faden in meinem Leben.

Was ist, wenn keines der Antidepressiva wirkt? Mit derzeit erhältlichen Antidepressiva lassen sich nicht mehr als 70% der Depris behandeln[27], aber was ist mit den restlichen 30%? Was, wenn das richtige Antidepri für mich erst erfunden werden müsste? Was, wenn die Wirkung nur Placebo war? Frau Primadonna sagt, als letzte Option gäbe es noch Elektrokrampftherapie in der Klinik. Oh, das könnte echt lustig werden, Elektroschocks im „Kuckucksnest". Ach nee, das war jetzt nur so eine Assoziation. EKT wird wohl nur in sehr seltenen Ausnahmen angewandt. Und was, wenn ich das bin, die seltene Ausnahme?

11. Das folgende Leben

Ich habe Weihnachten mit Albert verbracht, wir waren abends in einer Disco und ich habe sogar getanzt, auch wenn ich mich kaum bewegen konnte vor lauter Fett. Es war aber ganz nett dort. Silvester waren wir im legendärsten Club der Stadt bei aushaltbarer, wenn auch sonderbarer Musik.

---

[27] Vgl. Charlotte Kurk: „Der niedergeschlagene Mensch", Münster 2008, S. 103.

Januar. Ich verhalte mich lustlos zu allem und kriege nichts auf die Reihe. Ich tue alle Dinge nur zum Zeitvertreib. *Zeittotschläger.* Ich vernachlässige meinen Körper, mein ganzes Dasein besteht aus Abwarten und zwar auf die Besserung, die nicht eintritt. Alles plätschert so dahin, oh schon wieder eine Woche rum, gähnende Leere in mir und um mich herum. Ich werde von der Institutsambulanz der Klinik weiter betreut, Dr. Holländer ist mein behandelnder Arzt. Wir sprechen über die Medikamente und die Therapie. Lithium beginnt endlich nach Monaten zu wirken, und zwar macht es, dass mir alles egal ist und ich mich immer gleich fühle, nämlich mit einer Einheits-schlechten-Laune, null Bock, alles egal. Das ist aber mindestens eine 5-6 auf seiner Skala, manchmal sogar 7, und das ist somit besser als vorher. *Es liegt begraben hier, tief in meinem Herz, ich weiß nicht woher es kam und wohin ich jetzt gehe, Noch eine Frage, vielleicht die Frage zuviel, noch eine Antwort- ich warte auf mich. (...) Zerreiß mich noch mal, zerreiß mich für immer, es macht nichts mehr aus, kann doch nie entrinnen, wird schon gehen mit der Zeit und mein Grab tut sich auf- und mein Herz blutet raus.*

Februar. Ich suhle mich wieder in Selbstmitleid, seit ich in einer Musikzeitschrift ein Interview mit meinem geliebten M. gelesen habe. Er ist Vater geworden. Dann hat er sicherlich auch geheiratet. Ich will auch nicht mehr suchen, sondern finden, ich will auch endlich irgendwo ankommen und Kinder haben. Ich bin neidisch auf ihn und doch nicht. Kindergeschrei wäre jetzt das Letzte, was ich ertragen könnte.

Nach einer Phase des tagelangen in-die-Luft-Starrens und Langeweile nun auf einmal unglaublich viele Termine. Ich habe Vorstellungsgespräche in München, Hamburg, Saarbrücken und Dresden, also können meine Bewerbungsunterlagen nicht so schlecht sein, wie ich immer befürchtet hatte. Da sage noch einer, ich sei nicht mobil. Ich würde überall hingehen, wenn ich nur endlich einen Job finden würde. Das Arbeitsamt ist im meinem Falle überhaupt nicht tätig, ich bin alleingelassen mit der Jobsuche, bekomme auch keine Beratung hinsichtlich Umschulung oder Weiterbildung, ich werde schlichtweg nur verwaltet. Die Vorstellungsgespräche gleichen sich perfide, es gibt eigentlich nur zwei Varianten:

Bei der ersten werden immer die gleichen, altbekannten Fragen zum Lebenslauf, den Interessen und bisherigen Tätigkeiten gestellt, ohne dass die potentiellen Arbeitgeber auch nur im Geringsten durchblicken lassen, was sie gut finden und suchen oder eben nicht.

Variante 2: Man kriegt ein Blatt Papier vor die Nase, auf dem Zielgruppen und Ziele notiert sind, da soll ich innerhalb von 15 Minuten ein Konzept für ein Bildungsprogramm entwickeln, an dem andere normalerweise ein halbes Jahr sitzen würden. Konzeptionelle Arbeit braucht Zeit und professionelle Überlegungen, die ich hier unter Druck nicht habe. Zugleich ist diese Methode hier natürlich billige Ideenschmiede für die Arbeitgeber, die sich eifrig Stichpunkte bei meinem anschließenden Vortrag machen. Bei beiden Varianten dann die immer gleichen Fragen: „Warum haben Sie so wenig Berufserfahrung?" (Wie denn, wenn einem niemand die Chance dazu gibt?) - „Was sind Ihre Stärken und Schwächen?" Habe ich überhaupt Stärken, frage ich mich und stammele irgendwas anderes von wegen Organisationstalent und Sensibilität. - „Warum sind Sie denn so oft umgezogen?" Mobilität wird als Rastlosigkeit und Prinzipienlosigkeit gewertet. Dann die Frage nach der Gesundheit und Belastbarkeit. Was soll ich nur dazu sagen ohne zu lügen? Ich lüge, stelle mich als fit dar. Und erhalte bald darauf trotzdem Absagen.

Es gibt keinen gesellschaftlichen Aufschrei angesichts der konstanten Arbeitslosenzahlen, die von den Behördenstatistikern noch schön- bzw- kleingerechnet werden. Früher, also so in den 1970er/1980er Jahren, wurde Arbeitslosigkeit als Massenphänomen begriffen, Systemkritik geübt. Heute gilt die neoliberale Maxime, dass jeder seines Glückes Schmied sei, alle im Zusammenhang mit Arbeitslosigkeit stehenden Probleme werden personalisiert und individualisiert. „Wer arbeiten will, der kriegt auch Arbeit" – „Du tust ja auch nicht genug, um einen Job zu kriegen", so stimmt meine Mutter in den gesellschaftlichen Konsens ein. Was zur Folge hat, dass sich jeder arbeitslose Mensch auch selbst die Schuld an seiner eigenen Situation gibt. Die potentiellen Arbeitgeber erkennen mich als Person und meine bisherigen Leistungen nicht an, sie wertschätzen mich nicht, gegenteil werde ich nur abgelehnt, gekränkt, entwürdigt. Mit jeder Absage wachsen die Selbstzweifel, sie verstärken die Schuldgefühle. Zugleich wird meine Erschöpfung, die durch das stetige „Aufraffen-Bewerben-Kämpfen-Absage-wegstecken" bedingt ist, nun als psychische Störung dargestellt, wenngleich dieser elende Arbeitsmarkt mich doch überhaupt erst stigmatisiert hat. Arbeitslos zu sein in Zeiten, in denen angeblich ein konjunktureller Aufschwung bestehe, das müsse doch bedeuten, dass mit jemandem dann also etwas nicht stimme: Du bist arbeitslos in dieser Hochkonjunktur? Das kann ja nicht sein, ja das darf sogar nicht sein, also bist du psychisch gestört.

Ich treffe mich mit Susanne, einer ehemaligen Tagesklinik-Mitpatientin, auf einen Kaffee und habe Schwierigkeiten, mich mit ihr zu unterhalten. Sie hatte auch eine Psychose, streitet sie jedoch bis heute ab und will sich nicht damit auseinandersetzen, völlig verrückte Dinge wie ich getan zu haben. Susanne schiebt es weit weg von sich. Wie soll ich mich da mit ihr treffen? Wir gehen ein paar Mal schwimmen, dann hat es sich. Sie jammert und nöhlt nur, als ob es mir nicht genauso schlecht gehen würde. Sie sagt, sie hält mich für die psychisch Stärkere von uns beiden, daher müsse ich zuhören, wenn es ihr schlecht gehe. Ich sehe das komplett anders und breche den Kontakt zu ihr ab. Ich brauche meine letzten Kräfte für mich selbst.

Das Berufliche Trainingszentrum bittet mich um eine Entscheidung und gibt noch einmal zu bedenken, dass ihre Einrichtung eigentlich nicht für Akademiker geeignet sei. Also lehne ich ab. Alle Gespräche umsonst. Verschwendete Lebenszeit, aber eine ganze Industrie, Armee mit Söldnern, die des 3. Arbeitsmarktes, lebt davon, sich mit Menschen wie mir zu befassen, ihnen aber letztlich nicht weiterzuhelfen. Hartz-IV-Industrie, so nenne ich das.

März. Ich habe einen kurzfristigen Job bei einer Zeitarbeitsfirma bekommen, den ich auch antrete. Lange Zeit hatte ich gezögert, mich wieder bei Zeitarbeitsfirmen zu bewerben, zu schlecht waren die Erfahrungen in H. Ein ganzes verdammtes Jahr lang hatte ich mich dort herumscheuchen, antreiben und rumkommandieren lassen, für einen Hungerlohn gearbeitet und keinen Urlaub bekommen, nicht mal über Feiertage. In den Medien und besonders von staatlichen Behörden wie dem Arbeitsamt (oder wie sie sich jetzt nennen: Bundesagentur für Arbeit) wird Zeitarbeit immer als positiv, als mögliches Sprungbrett dargestellt. Man müsse nur bei einer Zeitarbeitsfirma anfangen, sich hocharbeiten und nach 6 Monaten bekäme man sowieso einen festen Job. Natürlich arbeite man in seinem erlernten Beruf und könne so gerade als Berufsanfängerin Punkte sammeln. Auch das sind Leute, die keine Ahnung haben, was in der Wirklichkeit abgeht.

Rückblick: Von wegen erlernter Beruf. Ich stellte nach dem Studium fest, dass nichts von meinen Fähigkeiten gebraucht wird. Mein Diplom mit Bestnote ist plötzlich nicht das Papier wert, auf dem es steht. Für Zeitarbeit wird massiv geworben, und von irgendwas musste ich leben. Zuerst Nachtschicht in einer Teeverpackungsfirma. Fließbandarbeit. Immer die gleichen Handgriffe auf einem Band, viel zu langsam getaktet, dabei musste man einschlafen. Waren 20 Beutel abgepackt, kamen sie in einen Karton, dieser wurde eingeschweißt und zur Seite gepackt, dasselbe von vorn. Die Vorarbeiterin war nur am Meckern, wenn man versuchte, sich den Arbeitsplatz angenehmer zu gestalten, in dem man beispielsweise das Band höher einstellte, so dass man Rückenschmerzen vermeiden konnte. Oder indem man sich mit Stehen und Sitzen abwechselte. Wenn man 1,80 m groß ist und die Fließbänder sind auf 1,10 m Höhe, dauert es nicht lange, bis das Kreuz schmerzt. Nein, jede sollte 8 Stunden an ihrem Platz bleiben, egal was für körperliche Schmerzen entstanden. Wochenlang sah ich kein Tageslicht. Ich effektivierte die Maschine und produzierte bei weniger Aufwand doppelt soviel wie die anderen, das war der Vorarbeiterin zu viel, sie beschwerte sich bei der Zeitarbeitsfirma. Hallo FDP, Leistung lohnt sich eben nicht!

Es folgte der Einsatz in einer Spedition, wo ich Zollpapiere ausfüllte oder Post sortierte. Da ich meine Arbeit in weniger als der vorgegebenen Zeit erledigte, nahm ich mir zur Überbrückung der Leerzeiten ein Buch zum Lesen mit. Lange Zeit bemerkte das keiner. Nach einigen Monaten endete der Zeitarbeits-Auftrag und ich kam wieder in eine Fabrik, diesmal Weinbrandflaschen packen, sortieren und in Folie einschweißen. Wieder Fließband, wieder zu niedrig, wieder zu langsam eingestellt. Noch dazu der elende Gestank, wenn einem mal eine Flasche aus der Hand gefallen war und auf dem Betonboden zerschellte. Diesmal wollte ich eine andere Taktik wählen und unterbreitete der Firmenleitung Vorschläge, wie man gleichzeitig die Arbeitssituation verbessern konnte und dennoch mehr produzieren würde. Alle Zeitarbeiter waren begeistert, die Leitung zuletzt auch. Ich wurde Vorarbeiterin. Zeitarbeit beinhaltet die gezielte Taktik, Mitarbeitende freitags nicht wissen zu lassen, wo sie montags arbeiten werden, ja ob sie überhaupt noch arbeiten werden. Einsatzorte und Tätigkeiten werden wochen- oder sogar tageweise neu vergeben. Ich nenne es Tagelöhner bei der Sklavenarbeit und soll dafür wohl noch dankbar sein.

Eine Fischfabrik am Hafen war der nächste Einsatzort. Elender Gestank war also noch steigerbar, da half auch kein Duschen mehr. Ich hatte die Augen aus den Fischköpfen zu pulen, mit einem Messer, aber per Hand ging es schneller. Diese Blicke verfolgten mich bis in meine Träume. Ich fragte ständig bei meiner Zeitarbeitsfirma, ob sie nichts anderes für mich hätten. Dann endlich: Mir wurde eine Stelle angeboten, bei der es mehr um geistige Fähigkeiten ginge.

Es war eine Rechtsanwaltskanzlei und ich tippte den ganzen lieben langen Tag diktierte Bänder mit Mandanten- und Gerichtskorrespondenz ab, bediente nebenbei das Telefon und musste mich im Schleimen üben, die sie Diplomatie nannten. Ach ja, Kaffeekochen und Kloputzen musste ich auch. Trotzdem war das besser als die Fabrikarbeit, zumal ich mich mit den Anwälten und der Hauptsekretärin gut verstand. Was mir zu schaffen machte, das waren die vielen Insolvenzen, die wir abzuwickeln hatten. Und die vielen Pfändungsbeschlüsse, weil irgendjemand irgendwas nicht bezahlt hatte. Wir trieben Menschen bis an die Grenzen des Existenzminimums. Manchmal führten sich die Herren Rechtsanwälte auf wie Gott, wenn sie einen Fall gewonnen hatten. Und manchmal wie die Gestapo, wenn sie einen Schuldner ausfindig machen wollten. Nicht gerade sinnvolle oder erfüllende Arbeit. Ich quälte mich da irgendwie durch. Nach sechs Monaten war die Probezeit rum, man hatte mir in Aussicht gestellt, fest übernommen zu werden, raus aus der Zeitarbeit. Dann verschwand auf einmal Geld und ich wurde bezichtigt, es genommen zu haben, obwohl es nicht der Fall war. Das Geld tauchte zwar wieder auf, aber der Chef testete eine neue Software, die Aufgesprochenes zugleich tippte und ich war meinen Job los. Sprach-Software ersetzte mich.

Ich kam danach zu H&M, bei denen ich schon in den Semesterferien gejobbt hatte. Nach Chemie stinkende, billige, in Drittweltstaaten produzierte Kleidung aus Plastiktüten reißen, auf Kleiderbügel hängen, etikettieren, sortieren. Bestimmte Stücksollzahlen waren zu erfüllen. Ich erledigte meine Arbeit vorschriftsmäßig. Ein paar Wochen später sollte ich Kleidung in eine Verbrennungsanlage stopfen, weil sie nicht verkauft worden war. Ich weigerte mich und argumentierte wie ein Gutmensch, dass man sie doch reduziert verkaufen könne, sie an Bedürftige verteilen könne und nicht vernichten müsse. Mir wurde erklärt, dass die Marke damit an Wert verlieren würde, das verstand ich nicht.

Die Zeitarbeitsfirma ließ mich noch ein paar Tage Bürofenster putzen und Arbeitskleidung bügeln, dann kündigten sie mir, exakt 24 Stunden, bevor ich laut Gesetz einen unbefristeten Vertrag mit Festanstellung hätte bekommen müssen. Ein Jahr Sklavenarbeit für nichts und wieder nichts.

Jetzt in F. wurde mir nun von der neuen Zeitarbeitsfirma angeboten, eine befristete Arbeit zu bekommen, die meinen geistigen Fähigkeiten entspreche. Ich werde also am ersten Tag in einer Bank-Kreditabteilung eingearbeitet und begreife noch nicht, dass ich diese läppischen 4 Handgriffe die nächsten 6 Wochen lang machen soll: Knöpfchen drücken, aus- und zusortieren. Männlicher oder weiblicher Vorname, Familie oder undefinierbar. Stumpf, das ist die einzige Bezeichnung dafür. Nichts von wegen geistige Fähigkeiten. Verflucht noch eins, ich bin Akademikerin! *Da ist nun mal leider kein Platz für den Quatsch, den du kennst.* Ich langweile mich und beginne schon am zweiten Tag zu sabotieren, in dem ich türkischen Vornamen grundsätzlich „Frau" zusortiere, einfach aus Jux und Dollerei. Eine Woche später beschweren sich die ersten Kunden per mail, aber die Firma braucht ganze 6 Wochen, um an meinem sowieso letzten Arbeitstag herauszufinden, dass ich die Ursache der Sabotage war. Es geht nicht darum, bloß irgendeine Arbeit zu haben. Hallo SPD, sozial ist eben nicht alles, was Arbeit schafft! Ich möchte eine mich herausfordernde Arbeit, die an meinen Fähigkeiten anknüpft und zumindest halbwegs sinnvoll und für mich sinnstiftend ist. Zuviel erwartet?

Ich wiege 125 Kilo, unfassbar. Wo kommen die her? Warum bin ich jetzt so eine fette Sau? Alles durch Medikamente? Ich muss mir jede Menge neue weite Klamotten kaufen und sehe aus wie ein Zelt mit Kopf.

April. Ich besuche das Museum in B., an der ich soviel Zeit meines Lebens verbracht habe. Der einzige Ort, den ich kenne, *where the streets have no name.* Der einzige Ort, an dem ich glücklich war, so sein zu dürfen, wie ich nun mal bin. *Home ist nun mal where your heart is.* Ich helfe ehrenamtlich dort mit, Besucher zu betreuen, auch wenn „jemand anders" meine Stelle bekam, die nicht mal studiert hat. Aber: ich gehöre nicht mehr dazu. Nicht mehr zu den dort Arbeitenden, Lehrenden. Und ich merke deutlich, dass ich nicht mehr dorthin gehöre, ich fühle mich nicht mehr zu Hause dort, und wohl fühle ich mich gleich gar nicht. Das ist ein eigenartiges Gefühl, weil ich mich dort immer daheim gefühlt hatte. Alles ist verändert, als ob es nicht mehr der selbe Ort wäre. Ich erfahre erst am dritten Tag in Privatgesprächen mit meinen ehemaligen Chefs, dass es mehrere Begründungen für die Absage an mich gegeben hat. Ich würde nicht ins Team passen. Entscheidender Punkt sei aber meine Krankheit gewesen, die vermutete MS. So jemanden könnten sie nicht gebrauchen. Und da ich jetzt noch eine psychiatrische Krankheit dazu bekommen hatte, beweise das ja nur, dass ich wirklich nicht gesund sei. Soso, ihr habt also die Wahrheit und Weisheit mit Löffeln gefressen, ja? Ich dachte bis dato, dass diese Leute mein tiefstes Inneres kennen und schätzen würden.

Ich spüre nur noch unendliche Traurigkeit in mir. Ich will die rauslassen, aber es geht einfach nicht, die ist eingeschlossen und fest verankert in mir. Dazu die Zukunftsängste, werde ich je einen Job bekommen, der meinem Abschluss entspricht oder immer nur dämliche Hilfsarbeiten für Gehirnamputierte machen müssen? Die

Zeitarbeit, die ich jetzt habe, gibt mir zwar Struktur, sorgt aber für ungleich mehr an Frust zugleich. Ich will eine sinnvolle Arbeit, ist das zu viel verlangt in diesem Land, in dieser Zeit, in diesem Leben?

In der Therapie erläutert mir Frau Iversen, dass mein Familiensystem von Anfang an auf double-bind-Beziehungen[28] bestanden habe, aus deren Folge für mich nur der Rückzug mittels Depressionen möglich war. Ich habe also als Kind depressiv mit Rückzug in mir selbst reagiert, um mich nicht dem double-bind auszusetzen. So einfach kann das alles erklärt werden. Wieder mal fast schon zu simpel. Wie gut, dass Frau Iversen nicht weiß, dass mir bekannt ist, dass die double-bind-theory als widerlegt gilt. Ich lasse Frau Iversen in ihrem Glauben, damit sie das schön in ihre Berichte schreiben kann. Wozu eigentlich noch ewig in meiner Vergangenheit, meiner Kindheit, herumstochern?

---

[28] Theorie nach Gregory Bateson, nach der in einer Beziehung das immer gleich während Muster besteht, unvereinbare Dinge zu verlangen, Z.B. wenn Eltern verlangen, gleichzeitig folgsam und selbständig zu sein. Egal wie man sich verhält, man kann sich nie richtig verhalten. Es gibt auch double-bind-Beziehungen, in der die eine Person sich Rettung und Erlösung von der anderen Person erwartet, die andere Person hat jedoch die gleichen Erwartungen an die eine Person, so dass sich nichts ändert und sich alles nur noch mehr verstrickt. Batesons Theorie gilt seit längerem als falsch und widerlegt, siehe dazu u.a. Hans-Jürgen Luderer: „Schizophrenie", Stuttgart 1998, S. 48.

Vergangenes zu analysieren ändert rein gar nichts daran, wie es mir im Heute geht. Meine Vergangenheit ist auch nicht aus der Retrospektive änderbar. Nur weil ich einer neuen Interpretation folgen soll, die auf einer widerlegten Theorie basiert, verbessert sich meine Einstellung nicht und erst recht nicht meine derzeitige Lebenssituation. Versteht das irgendjemand außer mir?

Juni. Die Zeitarbeit ist erfolgreich beendet. Ich habe nun so unendlich viel freie Zeit, die ich gar nicht genießen kann, sie ärgert mich vielmehr und überfordert mich zugleich. Ich muss mich jeden Tag den gleichen Fragen und denselben Anforderungen stellen, Tätigkeiten planen und umsetzen, das ist wie bei *Und täglich grüßt das Murmeltier.* Jeder Tag beginnt gleich und alles ist unverändert, ich versuche schrittweise den perfekten Tag daraus zu machen, nur dass sich dadurch nicht prinzipiell etwas ändert. Jeder Tag eine Quälerei, und mir wird alles immer gleichgültiger. Egal, was aus mir wird, ich muss mit mir selbst klarkommen, nicht mit der Welt. Aber schließlich besteht ja alles aus Wechselbeziehungen, und ich existiere nicht im luftleeren Raum.

Ich denke immer in worst-case-Szenarien. Überlege, wie alles schlimmstenfalls weitergehen könnte, damit die Realität dann dagegen harmlos und somit erträglich ist, nicht so schlimm erscheint, wie ich sie mir vorgestellt hatte. Mir ist bewusst, dass ich positiver denken sollte, aber bei mir fehlt der Schalter, den man dazu umlegen muss. Immer den schlimmsten Fall anzunehmen und dann positiv überrascht zu werden, kann hingegen sehr erleichtern.

Die ambulante Therapie stockt und ich komme irgendwie nicht weiter. Hier war nur Gelaber, das mich zwar nachdenklich machte, aber mich auch nicht zum Badputzen bringen konnte. Wie sollte ich mein Leben, meinen Alltag ohne Job auf die Reihe kriegen? *Ist es ein bisschen bitter oder wirklich schwer? Das Glas halbvoll oder doch halbleer? Und wen interessiert das bittesehr?* Wichtige Erkenntnis war jedoch, dass meine Depression ein Rückzug in mich selbst aus Angst vor Konfliktaustragung ist. Konflikt mit meiner Mutter, mit der Klinik, mit Freunden, mit dem alten Arbeitgeber und nun die Konkurrenzsituation um eine neue Arbeit. Es stimmte: immer wenn es Probleme gab oder sich welche abzeichneten, dann ergriff ich die

Flucht. *Und Flucht ist nichts Neues, sei sicher, ich weiß wie das geht!*

Wir sprechen in der Therapie über mein Reflexionsvermögen, das nach Ansicht von Frau Iversen sehr ausgeprägt sei. Ich frage mich, woher ich das habe, ererbt von meiner Mutter könne es jedenfalls nicht sein. Bei ihr ist Reflexionsvermögen schlichtweg nicht vorhanden. Ich brauche eine komplette Sitzung lang, um zu kapieren, dass es bei meiner Mutter nicht der Punkt ist, dass sie nicht reflektieren will, sondern dass sie es schlichtweg nicht kann, selbst wenn sie wollen würde. Sie ist nicht empathiefähig. Und dass mein Reflexionsvermögen mit der Psychosezeit vollkommen überfordert war, vor, während und auch jetzt danach gilt es bruchstückhaft alles wieder zusammenzusetzen und zu verarbeiten, das kann dauern.

Ich lese im Internet, dass in Deutschland momentan 250.000 Akademiker arbeitslos sind. Das muss man sich doch mal vorstellen, welches Land kann es sich leisten, eine Viertelmillion hochqualifizierter Leute nicht zu beschäftigen? Da reden die von Fachkräftemangel, wenn eine Viertelmillion auf der Straße sitzt! Wofür habe ich studiert? Wofür meine Zeit in Bildung investiert? Wofür immer nebenbei gearbeitet, um mir mein Studium zu ermöglichen? Wofür ein Einser-Diplom gemacht? Wofür? Dafür, dass dieser Staat, dieses Land mich hängen lässt. Dieser Staat ermöglichte meine Ausbildung und speist mich nun, da es keinen Job für mich gibt, eben mit den Hartz-IV-Almosen ab. Die Berufsaussichten als Wissenschaftlerin hängen auch überhaupt nicht mit ökonomischem Aufschwung zusammen, den sie alle herbeireden wollen, sondern einzig und allein, ob man Bildung und Forschung als wertvolles und schützenswertes Gut ansieht oder nicht. Habe ich nicht ein Recht auf einen Arbeitsplatz? Ich meine, ich hätte so was auch mal in den sozialen Menschenrechten gelesen: Recht auf Arbeit. Problematisch daran ist, dass diese Menschenrechte der so genannten dritten Generation nicht einklagbar sind. Was ein Präzedenzfall zu beweisen hätte. Wäre ich Juristin, ich würde jetzt eine Klage einreichen.

Juli/August. Ich beginne ein Praktikum an einem renommierten deutschen Institut, um dessen Termin ich lange ringen musste. Das Gebäude ist eine Riesenbaustelle wegen Umbauarbeiten. Ich werde einer Doktorandin zugeteilt und soll mit einer anderen Praktikantin, die viel reger und fitter ist als ich, biografische Interviews auswerten. Ich komme nur schleppend voran, bin genervt ob der Presslufthammer im ganzen Haus und brauche andauernd Rauchpausen, bin gedanklich nicht schnell genug. Von der Betreuerin wird mir kein Respekt entgegengebracht, es fehlt zudem an Struktur für das ganze Praktikum. Wann genau welche Aufgabe erledigt werden soll – alles luftleerer Raum. Auch fehlt mir eine kontinuierliche Rückmeldung über das, was ich bisher geschrieben oder sonst wie abgeliefert habe. Die Tätigkeit dort macht mir absolut keinen Spaß, auch wenn es was Pädagogisches ist, ich quäle mich jeden Tag dorthin und bin froh, wenn ich meine Stunden abgesessen habe. Es kommt zum Eklat, es kommt, wie es kommen musste. Meine Selbsteinschätzung, 6 Stunden täglich arbeiten zu können, stimmt nicht mit deren Wahrnehmung von mir überein. Die haben Vorurteile gegenüber psychisch Kranken und wälzen die noch breit vor versammelter Mannschaft aus. Ich denke, dass ich schließlich freiwillig hier bin und diesen Druck nicht aushalten muss und fehle einen Tag darauf unentschuldigt. Als ich wieder anfangen will, wird mir die schriftliche Kündigung des Praktikums zugestellt.

Gekündigt aus einem freiwilligen Praktikum, das ich nicht geschafft hatte, so tief unten bin ich angelangt. Raus aus dem Forschungsfeld, ein zweites Mal. Und Lithium bewirkt, dass mir alles scheißegal ist.

Albert empfängt mich zum ersten Mal in seiner Wohnung, wozu ich ihn mühsam überreden musste, und als ich das ihn umgebende Chaos voller Abfalltüten, Essensresten und Papierstapel sehe, wird mir auch klar, warum. Messie, that's what you are, eine totale Müllwohnung. Er kommt noch weniger allein zurecht als ich. Ich helfe ein wenig beim Aufräumen, aber da ist soviel Zeugs und Dreck, das wird eine Jahresaufgabe. Ich helfe, wo ich kann und empfinde aufrichtiges Mitleid mit ihm. Wie kann jemand in soviel Müll leben? Aber ich keine Sozialarbeiterin, die ihm mit seinem Messie-Problem helfen könnte.

September. M.'s Band spielte gleich zwei Konzerte in der Nähe, zu denen ich natürlich gehe. Eines ist ein Accoustic Set, wunderschön. An seiner rechten Hand war deutlich ein goldener Ehering zu sehen. Es ist also wirklich definitiv zu spät für alles. In den Tagen nach den Konzerten steigere ich mich in Tagträumereien wie zu besten Psychosezeiten. Ich bin ihm so nah und er mir doch so fern, erst recht jetzt. M. hat wen gefunden, nur nicht mich, es ist definitiv und für immer zu spät. Dieses klägliche Eingeständnis vermittelt mir Angst vor einem Psychoserückfall, weil ich mich auf meine Wunschvorstellungen viel zu sehr einlasse, immer in hätte-könnte-sollte-Phrasen denke und über die Vergangenheit grübele. Was wäre gewesen, wenn ich mich ihm damals nur offenbart hätte...

Ich faulenze nur herum, kriege nichts auf die Reihe, dabei sollte ich mir doch ein neues Praktikum suchen, wenn ich schon keinen Job finde. Ich bin aber richtiggehend mundfaul geworden, so sagt auch Albert, mehr als zwei Worte verlassen nicht mehr meine Kehle. Ich bemerke, dass meine Mundwinkel regelrecht erstarrt sind, kann sie kaum bewegen, wie eine Gesichtslähmung. Im Übrigen auch ein typisches Symptom von Depressionen, wie ich später lese. Wir gehen in Parks spazieren, verplempern sinnlos Geld und Zeit. Lithium gibt mir neuerdings wirklich Stabilität und zwar eine, dass ich immer die gleiche schlechte Laune habe, die aber stabil. Mir ist alles egal, ich auch mir selbst. Ob ich zum Friseur gehe oder nicht, wen kümmert es? Ob ich da bin oder nicht, welche Rolle spielt es?

Das passt zur neuen Zeitarbeit, die ich ab Oktober antreten kann. Bei der Dresdner Bank soll ich Kontoeröffnungen machen und Begrüßungsbriefe schreiben, das kriege ich auch ohne 10-Finger-Tippsystem hin. Ich bin dort sehr leidend ob der erneuten Stupidität, dem Sitzen vorm Bildschirm, dem ewigen Tippen und ausdrucken, eintüten, zur Unterschrift vorlegen und wegschicken. Unterforderung, und zwar komplett. Wie kann ich das ertragen? Es sind ja nur ein paar Wochen. Bore-out statt Modekrankheit Burn-Out. 2 Jahre Arbeitslosigkeit. Werde ich seit 2 Jahren bestraft? Wenn ja, für was? Warum kann ich nicht meine Ideale leben? Ich werde seit 2 Jahren vom Leben also dafür bestraft, dass ich mich damals in einer einzigen Situation (Aufbaustudium oder Berufspraxis) falsch entschieden hatte. Aber wie lange noch? Wann ist die Strafe um? Und wer sagt mir Bescheid, wenn das Ende der Strafe naht?

Auch diese Therapeutin Iversen will mir meinen Lebenssinn ausreden, was mich lange darüber nachdenken lässt, die Therapie abzubrechen. Es sei keine Aufgabe, die schlimmsten historischen Menschheitsverbrechen in Museen zu vermitteln, sondern Selbstquälerei, meint sie, die nicht begriffen hat, dass dies nicht masochistisch, sondern aufklärerisch und bildend ist. Sie hat es einfach nicht verstanden, welche Gabe das ist, solche Untaten didaktisch aufbereiten zu können. *What the soul can take...* Dann wird im November in B. noch einmal eine Stelle ausgeschrieben, ich bewerbe mich wieder und warte auf deren Reaktion. Meine Tabletten werden nochmals von Dr. Holländer geändert und auch erstmals reduziert, es scheint ein Aufwärtstrend zu folgen, was die Depressionen betrifft. Lithium werde ich jedoch bis ans Ende meiner Tage nehmen müssen, sagt er. Ja, ich schlucke meine Pillen noch. Alles sieht nach hochdosierter Langzeiteinnnahme aus, genau so, wie es die Pharma-Firma auf ihrem Beipackzettel gern möchte. Daran verdienen sie ja auch am meisten.

Die Freundschaft zu Albert wird immer einseitiger: ich helfe ihm beim Aufräumen, muss in Zimmern mit drinsitzen, in die er sich sonst nicht hineintraut, höre mir stundenlang sein Gejammere an, obwohl es mir selbst nicht besser geht. Aber ich sei ja die Stärkere.... warum halten mich andere für stark, wo ich doch so schwach bin?

Irgendetwas mache ich in Vorstellungsgesprächen falsch. Vielleicht bin ich nicht selbstsicher genug, vielleicht können andere sich besser verkaufen. Die erwarten Menschen, die vor Selbstbewusstsein nur so strotzen und treffen auf verzweifelte Erwerbslose. Selbstmarketing scheitert. Ich traue mir manchmal gar nichts mehr zu und lüge ungeniert in den Gesprächen. Können die das überprüfen? Ich entwickele Konzepte, so wie es erwünscht ist, informiere mich detailliert über den potentiellen Arbeitgeber, kann in Vorstellungsgesprächen alles beantworten, doch: nichts, Absagen. Ein Mensch erträgt nur ein gewisses Maß an Ablehnung. Wenn ausschließlich Ablehnung kommt, von verschiedensten Seiten, dann ist das zu viel für eine gekränkte Seele wie die meine. Ich beschließe, erstmal keine Bewerbungen mehr zu schreiben.

Ich gehe nun regelmäßig zur offenen Kreativstunde in der Tagesklinik. Wir malen und zeichnen, aber eigentlich wichtig ist das Reden über unsere Krankheiten, das Wiedertreffen von Bekannten und vertrauten Gesichtern. Ich sehe, wie ich im Vergleich zu anderen Psychotikern Fortschritte mache, auch wenn ich diese selbst zunächst gar nicht wahrnehme. Ich mache Seidenmalerei und illustriere einsame Inseln mit einem einzigen Haus darauf, vor denen aber noch Boote stehen, Sinnbild meiner jetzigen Situation.

Warum gibt es keine Resozialisierungs-programme für psychisch Kranke? Jeder Mensch, der mal im Knast war, bekommt Resozialisierung und ihm wird von einer ganzen Armee aus Sozialarbeitern geholfen, wo es nur geht. Ich muss mit allem allein fertig werden, mich schlau machen, Anträge stellen und hoffen. Niemand hilft, vor allem nicht bei der Frage, wie es beruflich weitergehen kann.[29] Gerade bei Behördendingen ist da aber viel Neuland für mich, ich bräuchte wie ein Dreijähriges einen Menschen, der mich an die Hand nimmt und mich unterstützt. Ich bräuchte eine Art Stipendium, damit ich mir bei dem wenigen Geld nicht dauernd Sorgen machen müsste, wovon ich mir in der nächsten Woche etwas zu essen kaufen soll und wovon ich die Heizungskostennachzahlung bestreiten soll. Wenn ich einmal reich sein sollte, würde ich gern Stipendien an ehemals psychisch Kranke vergeben, die resozialisiert werden wollen.

---

[29] Die Tagesklinik schreibt hingegen in ihren Hochglanzwerbebroschüren wörtlich von „Menschen, die im Anschluss an eine vollstationäre Behandlung von einer weiterführenden und alltagsnahen beruflichen und/oder sozialen Wiedereingliederung profitieren". Eben eine solche berufliche Wiedereingliederung geschah bei mir nicht.

Albert und ich haben unseren ersten richtigen Streit. Darüber, dass er einfach gar keine Fortschritte macht, obwohl er von der Sozialarbeiterin des betreuten Wohnens Hilfe bekommt nichts tut sich bei ihm. Ich habe den Eindruck, irgendwie gesünder als er zu sein, mit ihm nicht mehr auf demselben Level zu sein, aber auch keine Power zu haben, ihn mitzuziehen. Ich schaffe es ja gerade mal, mich selbst einigermaßen zu motivieren, wie soll ich da noch jemanden anderen aus dem tiefen Loch befreien? Er muss selbst auf die Beine kommen und ich habe den Eindruck, dass er es gar nicht will, das bringt uns zum Streiten. Hat er sich denn wirklich schon ganz aufgegeben?

Dezember, ein ganzes Jahr bin ich nun schon ohne die Tagesklinik zu Hause, hatte ja sogar zwei kurzfristige Jobs sowie die Nachhilfe und komme besser, wenn auch noch nicht bestens, zurecht. Aus B. ist die zweite Absage gekommen, aber sie trifft mich nicht so im Kern wie damals die erste. Ich verdränge sie, alles andere würde zu viel Energie kosten, die ich noch nicht habe. Ich bin außerdem weniger traurig über die Absage, als vielmehr wütend über meine Lebensumstände. Frau Iversen sagt, das sei ein fortgeschritteneres Gefühl als die ewige Depression. Das sehe ich auch so, Wut tut gut! Wut ist besser als Frust. Wut kann man auch besser herauslassen. Wenn Margarete Mitscherlich[30] davon schreibt, dass Melancholie dadurch überhaupt erst entstehe, dass sich verinnerlichter Zorn gegen das eigene Ich richte, möchte ich ihr sagen, dass dann die praktische Lösung ja wohl lauten muss: Lass den Zorn raus! Lass die Wut raus! Nichts runterschlucken, raus damit!

Seit zwei Jahren habe ich nun auch meine Menstruation wieder und fühle mich irgendwie wieder wie eine vollwertige Frau. Neue Denkanstöße gibt mir Dr. Holländer: ich hätte zu hohe Ansprüche an mich selbst und müsse mir diese erst einmal verzeihen. Vergebung der eigenen Schuldgefühle darüber, was passiert ist und wofür ich mir allein die Schuld gebe. *Immer auf der Suche nach dem Schuldigen, einer muss es immer sein, einer muss, ganz allein, erkennen und benennen.* Ich würde mich ja sogar schon im Vorfeld beschuldigen, nicht genug auf Arbeitssuche zu gehen und keinen Job zu bekommen, bevor sich irgendwas ergebe, so Holländer, und damit hat er Recht. Ich bestrafe mich selbst mit meinen Schuldgefühlen.

---

[30] Margarete Mitscherlich: „Die friedfertige Frau", Frankfurt am Main 1985, S. 69.

Ich sollte akzeptieren, dass ich stets mein Bestes gegeben habe und mehr eben nicht gehe.

In der Therapie spreche ich bei Frau Iversen erstmals die Vergewaltigung an. Sie stellt jedoch äußerst indiskrete Fragen, verhört mich wie ein Bulle. *Was haben Sie eigentlich angehabt? Wer ist hier eigentlich angeklagt: sie oder er?* Ich sage, dass ich zu so einem Gespräch nicht bereit bin, sie sagt, es sei eben doch ein Trauma, über das ich nicht distanziert sprechen könne. Sie analysiert aus den wenigen Worten, mit denen ich Holgers (warum nenne ich das Schwein eigentlich nicht bei seinem wirklichen vollen Namen?) und meine damalige Beziehung beschrieben habe, dass ich vergewaltigt worden bin, nicht obwohl, sondern weil ich so eine starke Frauenpersönlichkeit gewesen bin, die er brechen wollte. Mein Feminismus sei für ihn pure Provokation gewesen. So betrachtet hatte ich das noch nie. Ich hatte mich immer gefragt, warum ausgerechnet mir, als starker, emanzipierter Frau das passiert war: in einer Beziehung vergewaltigt werden und es dem Typ auch noch zu verzeihen. Dennoch kommen wir in der Sitzung zu diesem Thema nicht weiter, vielleicht bin ich auch nach über 10 Jahren noch nicht so weit. Ich breche das Thema ab und sage ihr auch, dass ich mich nicht verhören lasse. Sie ist schockiert. Wer entscheidet eigentlich in einer Therapie, wie und was besprochen wird? Ich oder sie? Trauma durch Vergewaltigung – sie kapiert es einfach nicht! Wenn etwas in diesem Leben wirklich traumatisch für mich war, dann die fehlende Anerkennung, von allen Seiten, von Geburt an. Kann sich ständig wiederholende Arbeitslosigkeit nicht ebenso traumatisch sein? Es gibt Wissenschaftler wie Oskar Negt, die Arbeitsplatzverlust als Trauma und Gewaltverbrechen bezeichnen. Die anhaltende Enttäuschung von über Jahrzehnte geweckten Hoffnungen des Aufstiegs aus einer armen Arbeiterfamilie – raus aus allem, her mit dem guten Leben, das mir immer versprochen wurde, bei jeder Note in der Klassenarbeit, in der Uni-Klausur, den zahllosen erworbenen „Zusatzqualifikationen". Selbst mit dem höchsten Bildungsabschluss – das gute Leben kam nicht. Es wurde immer schlimmer, denn nun galt mein ausgegrenztes Dasein als „selbst verursacht". – „Musst dich halt anpassen…" Ihr nanntet mich irgendwann Querulantin, abgedrehte Spinnerin, und ich musste alle Kraft aufwenden, diese eure Bezeichnungen mit Stolz zu tragen. Kann es zu einem Trauma werden, eine andere Meinung als der mainstream zu haben und immer und immer wieder dafür zu bezahlen, z.B. indem man keinen Job kriegt? *It´s expensive being poor.* Jetzt stempelt ihr mich als psychisch krank ab – okay, dann bin ich das eben. Und meinetwegen auch traumatisiert. Aber dann provoziert ihr, dass ich mich auch wie eine psychisch Kranke verhalten werde, um euren Etiketten zu entsprechen...

Dr. Holländer bittet mich, zu beschreiben, wie es mir mit dem Lithium geht. Ich stehe wieder vor der Schwierigkeit, in Worte zu fassen, was ich nicht mal in Gedanken klar ausdrücken kann. Das Lithium macht etwas mit mir, aber was, das kann ich nur schlecht benennen. Anfangs wurde ich gleichgültig und hatte so eine scheißegal-Haltung. Jetzt gibt es mir Stabilität. Nichts wirft mich so aus der Bahn wie früher, ich habe keine Tiefs mehr. Klar geht es mir manchmal nicht so gut, aber es sind keine tiefen Abstürze wie früher mehr. Keine richtigen Depressionen mehr, keine Selbstmordgedanken, keine Sinnlosigkeitsfragen mehr, das ist ein wirklicher Fortschritt. Die dunklen Wolken und trüben Gedanken verziehen sich langsam aber stetig. Was ich erst noch lernen und akzeptieren muss: dafür gibt es auch keine Hochs mehr! Die Freude ist wie eingeschlossen, verschlossen in mir, an die komme ich nicht mehr heran. Ich lache nicht mehr. Lithium blendet die Höhen aus, nimmt dafür den Tiefen die Schwere. Das ist besser, ganz entscheidend besser, oder? Ich muss neu lernen, mich zu freuen. Ich bin stabil, aber was gibt mir das? Ist der Preis nicht zu hoch? Wie Timm Taler, der sein Lachen verkaufte. Alles nur durch Chemie.

Ich recherchiere in meinen Tagebücher, wie es mir vor der Psychose ging, währenddessen und danach. Erste Stichworte füllen ein neues Blatt Papier, ich spüre das Bedürfnis, das Erlebte zu sortieren und aufzuschreiben. Tränen kullern plötzlich ungehemmt. Genau die Tränen über das Geschehene, die ich damals während der Psychose nicht weinen konnte, die weine ich jetzt. Und zwar alle auf einmal. Tränenzeitverschiebung. Ich suche Literatur von Menschen, die auch eine Psychose hatten, werde aber nicht fündig. Seitenlange Analysen und zwecklose Ursachensuche, davon gibt es genügend in psychiatrisch-wissenschaftlicher Fachliteratur, aber nicht das, was ich suche. Ich habe auch bei meinem Therapiequatsch das Gefühl, dass es mal genug ist mit der nicht zielgerichteten Analyse, dass es nur eine chemische Hypothese gibt, aber keinen Beweis, dass alles nur Hilfskonstruktionen sind, um sich dem Erlebten zu stellen. Es tröpfelt die Erkenntnis, dass ich keine plausible Ursache finden werde, sondern mich allenfalls deskriptiv dem Psychose-Erleben nähern kann.

Meine Mutter hat da so ihre eigene Theorie, die sie mir dauernd aufdrängt: Jemand habe mir im November vor der Psychose was ins Getränk getan, eine chemische Substanz, so wie K.O.- Tropfen, deshalb sei alles so durcheinander gekommen.... Was soll ich darauf antworten, ohne komplett hysterisch zu werden und auszuticken, weil es so lächerlich ist? Ich ignoriere es, sie versteht von dem Ganzen noch weniger als ich.

Nachdem ich tagelang geschrieben habe, wird mir klar, dass ich es selbst tun muss, den eher deskriptiven Bericht über das subjektive Erleben der eigenen Psychose zu verfassen, damit andere es lesen können, die selbst betroffen sind oder waren. Das Schreiben wird eine Jahresaufgabe. Ich habe zu tun. Mit mir, dem Zusammensetzen des Puzzles, dem Schreiben, dem Rekonstruieren. Aber nein, richtig kathartisch wirkt das Schreiben dann doch nicht, es ist aber halt mal eine Beschäftigung.

Ich beginne tausend Diäten und halte sie nicht durch. Ich beginne zu joggen, auch wenn es mir körperlich schon fast weh tut. Ich nehme ein wenig ab. Die Tabletten werden umgestellt und reduziert, ich nehme noch mehr ab, muss aber weiterhin sehr streng darauf achten, was ich zu mir nehme. Es ist eine zusätzliche Quälerei, so fett zu sein. Und fremde Menschen starren mich an, als wollten sie sagen: „Wie kann man nur so maßlos sein!"

Meine Therapie dauert ewig und macht keine Fortschritte. Ist ja auch kein Wunder, wenn man sich nur alle 14 Tage sieht, hat man erstmal Aktuelles zu besprechen. Was gab es für Bewerbungen, Vorstellungsgespräche, Absagen. Frau Iversen meint immer mehr, dass ich mich selbst zum Opfer machen würde. Was anderes bin ich, wenn nicht Opfer meiner Familienumstände, Opfer der Vergewaltigung, Opfer der Arbeitsplatzmisere dieser Gesellschaft? Ich verstehe nicht, was sie meint. Sie schreibt in ihre Berichte, ich sei „nicht schwingungsfähig", was will sie mir damit sagen? Nicht „schwingungsfähig" für ihre esoterischen und reaktionären Strahlungen? Ich solle mir meine Kritikfähigkeit erhalten und mein Reflexionsvermögen, aber ich solle nicht immer alle anderen zu den „Doofen" machen. Oder ich solle auswandern, wenn es mir hier nicht passt. Genau das hat meine Mutter früher, als es die DDR noch gab, auch immer gesagt: „Wenn es dir hier nicht passt, geh doch nach drüben!" Als ob das eine Lösung wäre. Auch Frau Iversen sieht nicht, dass ich mir alles an Erkenntnis selbst erarbeitet habe und sie nur einen sehr geringen Teil an Anstößen geliefert hatte. Ich sehne das Ende meiner Therapiestunden herbei, traue mich aber nicht, diese selbst zu beenden.

Albert und ich besuchen Frau Primadonna in der Tagesklinik, weil sie dort bald als Therapeutin aufhört. Ich treffe die kleine Jacqueline wieder, die beim ersten Mal in der Klinik war. Sie wiegt jetzt das Dreifache und hat immer noch die Psychose, ist bei ihr chronisch[31] geworden. Ich begreife, was für ein Glück ich hatte, dass es bei mir nur eine Episode war. Ich nehme Abschied von Frau Primadonna und zugleich von einer Phase meines Lebens. Albert überlegt, sich wieder in der Tagesklinik anzumelden, so am Ende ist er.

Die Zeit steht still und will nicht vergehen. Jede Sekunde eine Stunde. Jeder Tag ein Monat. Es kommt mir vor, als sei

---

[31] Laut www.psychose.de/wissen-ueber-psychosen-13.html betrifft dies 5 bis 10% aller Psychotiker, die dauerhaft unter psychotischer Symptomatik leiden.

ich schon 20 Jahre arbeitslos. Ich lese, dass Depressionen wie nicht zugelassene Trauer seien.[32] Trauer um was? Trauer um Verluste, die es zu erleiden galt, schreibt Hell. Aber ich bin mir eines wirklichen Verlustes gar nicht bewusst. Dazu schreibt Daniel Hell, das sei eine *„Schutzhaltung (...), die den Betroffenen von der Auseinandersetzung mit dem Verlorenen befreit, wenn sie ihn zu übermannen droht."* Eine Schutzhaltung, die das eigene Überleben sichert, wenn man selbst nicht mehr kämpfen kann, schreibt auch Alain Ehrenberg. Hell berichtet von *„depressivem Rückzug als eine Art Winterschlaf, die den Betroffenen bei Überforderung das Überleben ermöglicht."* Hole ich hier gerade etwas nach? Den Winterschlaf über meinen „verloren gegangenen" Daddy?

Der war nämlich auf einmal weg von mir, als ich dreijährig die Welt erkundete.

Die Mutter sagte, er habe uns verlassen und sei nach Amerika gegangen. Amerika war damals die große weite Welt, unerreichbar.

Ich erinnere mich, wie mir telefonisch mitgeteilt wurde, dass mein Vater gestorben sei, da war ich 9 Jahre alt, hatte aber

---

[32] Daniel Hell: „Welchen Sinn macht Depression? Ein integrativer Ansatz", Reinbek 1994, S. 161 ff.

kaum noch Erinnerungen an denjenigen, von dem man nur noch als „der Erzeuger" sprach. Als ich volljährig wurde, bekam ich Akteneinsicht und musste versuchen zu begreifen, dass er als „schizophren" diagnostiziert jahrelang in einer geschlossenen Psychiatrie sein Dasein fristete, die Ehe von meiner Mutter annulliert wurde wegen fehlender Geschäftsfähigkeit, er niemals eine Besuchserlaubnis für mich bekam und nach seiner Entlassung als freiberuflicher Fotograf tätig war. Dann wurde er irgendwann tot in seiner Wohnung aufgefunden, die Kripo ging von Suizid aus, obwohl laut Protokoll „Fremdeinwirkung" feststellbar war. Könnte auch ein doofer Unfall gewesen sein. Im Abschlussbericht stehen nur die Kürzel „u.u.U.", was die Todesursache zusammenfasst, „unter ungeklärten Umständen". Beamtendeutsch über den Tod meines Vaters. Wenn es da „Fremdeinwirkung" gab, dann spricht es doch für Mord, oder? Vielleicht durch Einbrecher? Zu dem Denkschluss, dass ein politisch aktiver Kommunist, der auch noch Jude war, vielleicht von politischen Gegnern zur Strecke gebracht wurde, kamen die Bullen nicht. Vielleicht wurde Daddy also ermordet, aber die Ermittlungen wurden nach einem Jahr eingestellt, wie ich in den Akten lesen musste. Ich recherchierte damals weiter, stellte immer neue

Akteneinsichtsanträge, das nächste Puzzle begann, und erfuhr erst im Alter von 26, dass ich eine noch lebende jüdische Oma habe, die ich kennen lernen konnte. Ich betrachtete das Ganze mehr als einen Krimi, bei dem es auf mein Mitraten ankam, ich setzte es damals kaum noch in Bezug zu meiner Person. Nennt man das Depersonalisierung? Das Abspalten einer subjektiven Emotion, als ob das Gefühl über den Verlust des Vaters nicht mehr zu mir gehören würde? Die Überforderung – der Rückzug – der Winterschlaf, alles durch den „verloren gegangenen" Daddy? Und aus der Verdrängungsreaktion entstanden die depri-Phasen meines Lebens? Oder muss ich jetzt über andere, später erfahrene Verluste sinnieren? Wieviel Trauma kann ein Mensch eigentlich ertragen, ohne sich umzubringen?

Ich führe ein ritualhaftes Leben, seit mir die Therapie ein enges Zeitkorsett aufgepropft hat, damit ich eben nicht nur den ganzen Tag im Bett liege. Verhaltenstherapie.

Zuerst gab es eine To-do-Liste mit vier Wörtern: Aufstehen, essen, Tabletteneinnahme, Körperpflege. Jeden Tag auszuführen, abzuhaken. Anfangs musste ich all meine Energie darauf verwenden, nur diese vier Dinge zu erledigen. Albert scheiterte oft schon bei der Sache mit dem Aufstehen. Das ging gut mit den vier Punkten, das überforderte mich nur selten, dann konnte ich es steigern: Wöchentlicher Einkauf. War diese eine Sache erledigt, gab es etwas Angenehmes zur Belohnung, dann konnte in der nächste Woche gesteigert werden auf zwei „Aktivitäten", z.B. Wocheneinkauf und staubsaugen. Dann wieder Belohnung. Erinnert an den Pawlowschen Hund. Und Klassische Konditionierung nach B.F. Skinner, ich konditioniere mich hier gerade selbst. Nur die Möglichkeit des sich-selbst-Sanktionierens bei Nichteinhaltung gab es nicht. Man soll gelobt werden und sich nicht selbst strafen.

Die Folgewoche dann noch garniert mit einer „Außenaktivität", z.B. in den Park gehen oder zu einem Vortrag. Am meisten helfen Termine, die einem von anderen aufgedrückt werden, z.B. Arzttermine und die festen Zeiten der Tabletteneinnahme.

Dann gilt es eben, sich den Tag rund um den festgesetzten Termin herum zu organisieren, einzuteilen, zu planen. Irgendwann hat man selbst erstellte Tagespläne.

Jeder Tag ist durchstrukturiert, jede Stunde hat ihre Beschäftigungstherapie. Pausen sind festgelegt, Medikamenteneinnahmezeiten, Essenszeiten, ebenso die

Putzzeiten. Manchmal mache ich einen Mittagsschlaf wie ein Baby, Fernsehen nur zu festgelegten Stunden. Wenn ich genauer vorhersehen könnte, wann ich wie viel nachts schlafe, würde ich noch genauer planen können. Doch dazu bräuchte ich einen „On/Off"-Schalter für mein um sich selbst zirkulierendes Hirn, einfach „off" und sofort schlafen, das wäre das Perfekteste. Ich führe ein geregeltes Leben, was auf andere spießig wirken muss. Mir hilft es, klarzukommen. Ein neues Gefängnis, ohne das aber gar nichts geht. Man könnte meine Tagespläne aber auch so zusammenfassen: Aufstehen – überleben – wieder ins Bett. Allein dies, mein eigenes (psychisches wie physisches) Überleben zu sichern, zu funktionieren und Behörden nicht aufzufallen, erfordert all meine Aufmerksamkeit, Konzentration, Energie.

Depression sei eine gesunde Reaktion auf eine krankmachende Situation, lese ich irgendwo. Wie wahr. Die Umstände haben mich krank gemacht. Und ich Blödi sehe alles als mein persönliches Versagen an, dabei sind es die Umstände. Ich lese, dass ein sinnstiftendes Wertesystem bei der Bewältigung von Depressionen hilft. Ich habe viel über meine Werte nachgedacht, das sind nicht die falschen. Ich hatte meine Berufung gefunden, die Bildungsarbeit, das ist nicht nur ein Job. Es gilt, nun den Zustand aushalten zu können, dass ich meine Berufung nicht ausleben kann. Oskar Negt, der ja vom Gewaltakt der Arbeitslosigkeit per se sprach, benennt es gar als Balanceakt mit enormen Energieaufwand, *„den Spannungszustand, den die Gesellschaft durch ihre Hochleistungshierarchie von Wertigkeiten vorgibt, überhaupt auszuhalten.“*[33] Ich leiste in den Augen der Gesellschaft nichts. Ja, ich muss es sogar täglich aushalten, durch Nichterwerbsarbeit ausgegrenzt und marginalisiert zu werden, am normalen Leben nicht teilzuhaben. Ich habe den Sinn einer Therapie durch Arbeit begriffen, eine sinnstiftende Aufgabe strukturiert unser Leben, egal ob mir die Therapeutinnen das ausreden wollen oder nicht. Vielleicht bin ich therapieresistent geworden, kann schon sein. Vielleicht begreifen die anderen aber auch nicht, dass Arbeit, Aufgabe, Beruf und Berufung zusammenhängen.

Meine Therapie ging dann nach einem Jahr zu Ende und ich war froh, als sie nicht verlängert wurde. Wenn ich ehrlich bin, hat sie mir nur am Anfang was gebracht und sie half mir auch nicht, Antworten auf die Frage nach dem Sinn (der

---

[33] Oskar Negt: „Arbeit in Würde“, Göttingen 2001, S. 257.

Psychose, der Depression, von einem Leben ohne Arbeitsstelle, nach dem Leben als solches) zu bekommen. Immer drehte sich alles um Banalitäten: Aufstehzeiten, Essenszeiten, Arbeitssuche, Tagesgestaltung, Behördenärger. Nie ging es um das, worüber ich nachdachte, was mein Hirn beschäftigte, was mein Wille oder gar mein Plan B wäre. Dabei sprechen Experten der Psychotherapie davon, dass es in eben jeder Therapie darum gehen solle, sich existentiellen Wahrheiten aus vier Bereichen zu stellen: *"Die Unausweichlichkeit des Todes für jeden von uns; (...) die Freiheit, unser Leben nach unserem Willen zu gestalten; unsere letztendliche Isolation und schließlich das Fehlen eines erkennbaren Lebenssinns."[34]* Stattdessen Formulare, Wachkurven, Schweigen und Verschweigen, Rädchen im System sein, nicht aufmucken. Wenn ich diese vier wirklich relevanten Themen und Fragen ansprach, konnte Frau Iversen mir nicht helfen und murmelte esoterisches Zeugs von „Schwingungsfähigkeit". Ich finde zudem auch, dass *„die Angewiesenheit eines Jeden auf Freundschaft, Familie und sinnvolles Tun (...) nicht auf Dauer in Pillen, Gesprächstherapie und Krankenstatus einen faden Ersatz*

---

[34] Irvin D. Yalom: „Die Liebe und ihr Henker & andere Geschichten aus der Psychotherapie", München 1990, S. 11.

finden [35] kann. Albert meint, ich hätte vielleicht die falsche Therapeutin gehabt oder vielleicht sei auch eine Verhaltenstherapie per se nicht gut gewesen, sondern hätte eine tiefenpsychologische Therapie sein müssen. Kann sein, würde meine Krankenkasse aber nicht bezahlen, genauso wenig wie Logotherapie (nach Viktor Frankl) die wohl noch mehr Sinn (logos) machen würde. Psychologen helfen mir nicht, das habe ich gelernt. Ich kann mir nur selbst helfen. Und die wahren Erkenntnisse habe ich mir selbst verschafft, auch wenn die Denkanstöße manchmal eher durch Bücher als durch Menschen kamen. Ich werde auch nie mehr die Selbsterhaltungskräfte unterschätzen, die sind enorm.

Die täglichen und zukunftsbezogenen Ungewissheiten, das Aushaltenmüssen und die Untätigkeit lassen mich zu Mürbeteig werden. Das Gefühl, eine komplette Versagerin zu sein, ist stetig präsent. *Ich suche und hoffe, ahne, doch zweifle, ungeduldig und nervös – ich warte.* Die Monate vergehen, ohne Job. Bewerbungen jede Woche, Absagen jede Woche. Tagaus, Tagein die gleiche Leier – wann werde ich Arbeit finden?

---

[35] Charlotte Jurk: „Der niedergeschlagene Mensch", Münster 2008, S. 148.

Ich suche mir irgendwann mehrere ehrenamtliche Jobs gleichzeitig, damit ich Beschäftigung und eine gute Tagesstruktur habe: ich gebe stundenweise Nachhilfestunden für missbrauchte Mädchen in einer Jugendhilfeeinrichtung, damit sie in der Schule noch mitkommen. Ich arbeite an Unterrichtsmaterialien für eine Menschenrechtsorganisation. Ich betreue demente Menschen im jüdischen Altenheim, engagiere mich politisch, habe also wieder Aufgaben. Und auch die Wochenstruktur macht mir weniger Probleme. Meine Arbeitskraft ist durchaus gefragt, sogar begehrt, nur halt ehrenamtlich, mit wöchentlichem Zank darüber, wer eigentlich meine Fahrtkosten trägt. Sozialpolitisch betrachtet lehne ich Ehrenämter ab, man kriegt weder „Ehre", noch hat man ein wichtiges Amt, gegenteilig mache ich oft genau die gleichen Tätigkeiten wie eine bezahlte hauptamtliche Kraft. Warum sollten sie Menschen dafür bezahlen, wenn sich immer wieder genügend Leute finden, die etwas umsonst erledigen? Entwertet das nicht zugleich all meine Anstrengungen und Tätigkeiten? Aber: *Meine Fragen haben keine Fragezeichen mehr.* Die Tage vergehen, die Monate zerfließen, die Jahre letztendlich. Abstand gewinnen. Arbeitslosigkeit, Einsamkeit, Armut, Depression

– ein sich gegenseitig bedingendes Gefüge, ein Teufelskreis, aus dem kaum Entkommen möglich ist.

Ich bereite ein Exposé vor und gewinne tatsächlich meinen Wunschprofessor, meine angepeilte Promotion zu betreuen. Der wusste ja nicht, was vorher mit mir war, der kannte mich ja nicht. Der behandelt mich wie eine intelligente junge Wissenschaftlerin, die seiner Ansicht nach natürlich auch eine Doktorarbeit schafft. Hatte ich selbst je ernsthaft an meinem Wissen, meinem wissenschaftlichen Denken oder gar an meiner Kognition gezweifelt? Zudem hoffe ich, ein Stipendium zu finden, damit ich in Ruhe promovieren kann. Es würde mir nämlich doch etwas bedeuten, auf meinem Grabstein die zwei Buchstaben vor meinem Namen stehen zu haben. 4 Jahre Arbeitslosigkeit, darauf hatte mich im Studium niemand vorbereitet. 4 Jahre Warten, Hoffen und Bangen, um dann doch enttäuscht zu werden. *It may all end tomorrow, or it could go on forever...* Ich promoviere also aus Unzufriedenheit und Langeweile, damit mein ganzes Dasein um ein anderes Thema kreist als ausschließlich um mich selbst und meine Befindlichkeit, und das auf Basis von Hartz IV, was sollte ich auch sonst aus meiner Arbeitslosigkeit machen? Die „Bundesagentur für Arbeit" half mir nie, schikanierte und sanktionierte mich eher. *Ihr seid ARGE Scheiße....* Aber wem hilft es, sich aufzuregen? Regt sich überhaupt noch jemand auf? Warum regt sich denn kein Widerstand gegen eben jene gesellschaftlichen Zustände und die hohe Arbeitslosigkeit, die Menschen überhaupt erst in psychische Störungen treiben? Weil man resigniert und aufgibt. Ich sollte mich auch eher damit arrangieren, dass mein Elend nur noch verwaltet wird und mir niemand heraushilft. Die haben sich nie gekümmert, mich nie beraten, sich nie für meine Not interessiert, mich irgendwann nur noch als Karteileiche weitergeführt. *Euer System hat mich übersehen, und ich würde es recht gern dabei belassen....*

Andere reden viel von „work-life-balance" und „Selbstoptimierung", mich traf die Psychose in einem existentiellen Maß, das ich vorher nicht für möglich gehalten hätte. Es brauchte Jahre, ein selbst geschaffenes Tageskorsett und dennoch jede Menge Muße, um mein Ich zu rekonstruieren, mein Selbst wieder herzustellen. Wie definiert man sich selbst, wenn alles wegbrach? Erholt man sich je restlos davon, in Abgründe der eigenen Existenz gesehen zu haben? Ich hatte eine Brücke überschritten, eine Horizonterweiterung erfahren, womit wohl nicht jeder so umgehen kann. Spaltet man es von sich ab, so als wäre das einer anderen Person passiert und nicht dem eigenen Selbst, oder ignoriert man es? Oder integriert man es in die eigene Identität? Und wenn ja – wie? Und wie lebt man damit weiter? Kann man sich selbst überhaupt optimieren oder wechselt man nur die Masken?

12. Heute, 7 Jahre danach – im Guten wie im Schlechten

Ich habe durch meine Krankheit viele alte „Freunde" verloren, die bis heute nicht kapiert haben, was da eigentlich alles passiert ist und die mich teilweise wie eine geistig Behinderte behandelten. Oder sie waren voller Mitleid. Beides kann ich nicht gebrauchen. Am meisten enttäuschte mich mein Schulfreund Mirko, der Medizin studiert hatte und gerade seine psychiatrische Facharztausbildung machte. Er half mir nicht, als ich es am nötigsten gebraucht hätte. Mit ihm hatte ich vor dem Zusammenbruch über die mich verfolgenden Dinge und wirren Gedanken gesprochen, er sagte aber nichts dazu. Er erklärte mir später auch nicht, was er über solche Krankheiten wusste. Er ließ sich die Namen meiner jeweiligen Medikation geben, mehr nicht, ich merkte ihm aber an, dass ich nur noch ein „Fall" für ihn war, eine Patientin. Was für eine Enttäuschung!

Es galt, Freundschaften auf die notwendigsten zu beschränken und sich von einigen endgültig zu verabschieden. Auch wenn das einsam macht. Neue Menschen zu finden ist nach wie vor schwierig, und wenn man sie findet, über was redet man dann eigentlich mit ihnen? Ich gehe nicht mehr offen auf Menschen zu, bin nicht mehr smalltalk-tauglich, sondern eher misstrauisch, manchmal sogar verächtlich. Ich habe in Abgründe der eigenen Psyche gesehen, die niemand anders würde nachvollziehen können.

Phasenweise habe ich immer noch wiederkehrende Depressionen, würde ich sagen, rezidivierend, sagen die Ärzte. Ich hatte noch diverse weitere Antidepressiva ausprobiert, die nichts außer Nebenwirkungen brachten. Von jahrelangem hochdosiertem Lithium bekam ich vor kurzem sogar eine beinahe tödliche Pankreatitis (Bauchspeicheldrüsenentzündung), letztlich durch eine toxische Wirkung. Wäre ich noch oder wieder psychotisch, dann würde ich vermutlich glauben, dass sie mich damit doch vergiften wollten, ganz langsam, über Jahre hinweg schleichend. Hätten sie ja fast geschafft. Nein, ich denke das jetzt nicht mehr, ich bin ja nicht mehr psychotisch. Pankreatitis war purer seltener Zufall. Derzeit nehme ich gar keine Antidepressiva mehr, auch no more lithium. Nichts half, vielleicht muss ich das auch einfach akzeptieren. Bereits als Kind hatte ich Depressionen, als junge Studentin noch viel mehr. Aber das waren zwar schlimme Phasen, die fanden damals aber auch immer wieder ein Ende. Ich bin eben eher nachdenklich, kritisch, pessimistisch, traurig, das war ich schon immer. Mittlerweile scheine ich eben chronisch depressiv geworden zu sein, es hat sich verselbständigt. Anders betrachtet könnte man sagen, ich bin nach wie vor unzufrieden mit der Welt, aber bedeutet Unzufriedenheit zugleich eine Krankheit, die behandelt werden muss?

Massive Schlafstörungen blieben, heute kann ich ohne Medikamente kaum schlafen. Dass so viele Menschen in diesem Land angesichts der politischen Zustände der Welt noch ruhig schlafen können, wundert mich eh. Ich musste es hinnehmen und mich damit abfinden, dass ich eben ein sensibler „Melancholiker" bin, denn: *„Mich über meine Depression zu beklagen, würde heißen, mich über einen ganz fundamentalen Teil meiner Persönlichkeit zu* *beklagen.*"[36] Aber natürlich leide ich an meinem Ungenügen, *„am Ungenügen der Welt"*[37], so wie sie sich jetzt für mich darstellt. Natürlich hätte ich gern ein besseres Leben, mit sinnstiftender Arbeit, Geld, Familie, Freunden. Das gute Leben, die bessere Welt, na klar, wer träumt nicht davon?

Aber die wirkliche abgrundtiefe Verzweiflung ist weg, weil ich weiß, dass ich noch ganz Anderes überstehe, dass ich da wieder rausgekommen bin, dass ich es auch weitere Male schaffen werde. Ich hatte nie wieder eine Psychose. Hoffentlich bleibt das so. Von der Institutsambulanz wurde ich eine Weile betreut, dann suchte ich mir einen wirklich guten Psychiater, der praktischerweise auch Neurologe ist. Ich habe jetzt nämlich ganz andere Kämpfe durchzustehen:

Ich habe doch Multiple Sklerose (MS), wie drei Jahre nach der Psychose diagnostiziert wurde, nachdem ich einer Lumbal-Punktion doch zugestimmt hatte, weil ich plötzlich kein Gefühl mehr in den Beinen hatte, monatelang im Rollstuhl saß, extreme Kopfschmerzen hatte und auch die linke Hand manchmal ihren Dienst versagte. Es gab tausend

---

[36] Andrew Solomon: „Saturns Schatten," Frankfurt 2001, S. 442.
[37] Charlotte Jurk: „Der niedergeschlagene Mensch", Münster 2008, S. 207.

Untersuchungen und dann die Diagnose im Vorbeigehen mal nebenbei mitgeteilt auf dem Uniklinikflur. Kortisoninfusionen und Hoffnung, dass das Gefühl in den Beinen wiederkommen mag. Ich weiß, dass MS schwer zu diagnostizieren ist, zu vielfältig sind die Symptome. Heutzutage würde man sicher auch Heinrich Heines Vegetieren in der „Matratzengruft" als MS ansehen können. Hatte ich erwähnt, dass die Ursachen der MS nach wie vor unzureichend erforscht sind und die Krankheit unheilbar ist? Na, danke schön. *Jetzt wird es spannend, mit Krankheit, unheilbar.* Als der liebe Gott die Krankheiten verteilt hat, muss ich wohl ganz laut „hier" geschrien haben....Prof. Annelie Keil sagte in einer Talkshow, 60% aller Krankheiten sind schlichtweg Pech, statt irgendwas von wegen genetische Disposition, defizitäre Neurochemie, falsches Verhalten, falsche Ernährung oder so verantwortlich zu machen. Okay, dann habe ich eben einfach Pech. Letztlich bedeutet diese MS-Diagnose jedoch fast Erleichterung, weil sie bedeutet, dass ich keine Simulantin war, dass ich mir die Ausfälle von Beinen und Händen nicht nur eingebildet habe und auch kein Hypochonder bin.

Eine Autoimmunkrankheit also, mein Immunsystem richtet sich gegen sich selbst, greift das Zentrale Nervensystem an. Eine Krankheit, die mich früher oder später erblinden lassen und dauerhaft in den Rollstuhl manövrieren kann, wenn alles schlecht verläuft. Schubförmiger Verlauf, von einem Tag zum anderen kannst du ein Pflegefall sein. Ich muss mit dieser neuen Diagnose erstmal klarkommen, auch wenn sie die zahlreichen anderen zuvor grandios erklärt. Wozu noch Zukunftspläne machen? Ich habe in einem medizinischen Buch[38] gelesen, dass bei einem einzigen Prozent der MS-Erkrankten psychotische Episoden einem Schub vorangehen können. Irgendjemand muss ja dieses eine Prozent sein! Und während der Psychose hatte ich wirklich einen Schub, da war ja die Gefühllosigkeit in Armen und Beinen und auch die Blasenschwäche. Ich bin das eine Prozent! MS - was genau auf mich zukommt, ist noch viel zu unklar. Mittlerweile kann ich wieder laufen, manchmal gehe ich am Stock, wie der Serienarzt Dr. House und blicke auch so grimmig drein wie er. Neue Medikamente: sich selbst was spritzen, manchmal stundenlange Infusionen, Tabletten. Das Überlebens-Projekt. Ich bin ein einziges endloses

---

[38] Siehe Eva Maria Maida: „Der große TRIAS-Ratgeber Multiple Sklerose", Stuttgart 2002, S. 58. Ebenso der Unterpunkt „degenerative Erkrankungen" auf www.psychose.de/wissen-ueber-psychosen-08.html.

wissenschaftliches Experiment geworden. Neuerdings mit staatlich anerkannter Schwerbehinderung.

Ich weiß, dass ich letztendlich, wann auch immer, durch eigene Hand sterben werde. Ich will kein dauerhafter Pflegefall sein und ich habe diesen Staat und diese Gesellschaft bereits genug gekostet und genug genervt. Wenn ich mir selbst irgendwann nicht mehr helfen kann, werde ich mich die Schweiz oder die Niederlande fahren lassen und dort ein todbringendes Medikament schlucken, weil aktive Sterbehilfe in Deutschland nach wie vor verboten ist. Selbst das Ende wollen sie einem vorschreiben. Warum darf ein Staat entscheiden, wer wann und wie zu sterben hat? *„Doch der Freitod sollte ein Grundrecht sein: Niemand dürfte gezwungen werden, gegen seinen Willen zu leben.“*[39] Nach einem entwürdigten Leben wenigstens eine würdevoller Tod, das sollte doch drin sein, oder?
Bitte spielt auch den folgenden Song namens „Würde“ bei meiner Beerdigung:

„Jetzt ist es zu spät, um in Würde zu sterben.
Und es sah wirklich so aus, als ob man die Wahl hat,
zwischen raus aus allem, nicht mehr können und reiß dich

---

[39] Andrew Solomon: „Saturns Schatten“ Frankfurt 2001, S. 246.

endlich zusammen. Wer bleibt jetzt noch sitzen, mit zerschossener Seele, in verdunkelten Räumen, nach dem letzten Aufbäumen? Wer glaubt jetzt den Sätzen, die beginnen mit „Jeder kann.... sollte...hat" im Hamsterrad. Und wirklich niemand soll bestreiten, dass du nicht versucht hast....Weiter weg.... Weiter....Und alles schien möglich...."

Eine Art Lebensbilanz. Und in meiner Todesanzeige sei zu vermerken: „Statt Kränzen bitten wir, die Verstorbene zu Lebzeiten besser behandelt zu haben."

Ich hatte meine Religion letztlich wiederentdeckt und bin eine Zeit lang sehr gläubig gewesen. Außerdem empfand ich viele Rituale als hilfreich. Fragen Sie mich nicht warum, Glauben kann man nicht erklären. Er ist einfach da oder eben nicht. Ich besuchte jeden Freitag den Shabat-Gottesdienst und hatte einen Rabbiner gefunden, mit dem ich über meine Glaubensfragen sprechen konnte. Melodien der jüdischen Lithurgie begleiteten meine Wege, oft summte ich sie vor mir her, das schien mich irgendwie zu beruhigen. Ich diente wöchentlich einem Gott, der mich vor kurzem erst so niedergestreckt hatte. Durch die Hölle war ich schon so oft gegangen, vielleicht wollte ich nun irgendwie „danke" sagen, es überlebt zu haben. Vielleicht funktioniert so jeder religiöser Glaube: Danken, dass eine Illusion bei einem ist, die einem Halt gibt. Das erwies sich als wirklicher Gewinn für meine Seelenhygiene, zumindest eine Zeit lang. Irgendwann werden mir die Rituale zu aufwändig und der Zweifel an vielen Religions-Axiomen und –dogmen kam zurück. Ich muss mir selbst immer mehr eingestehen, dass ich wohl Agnostikerin wurde, die nur definieren kann, woran sie nicht glaubt. Gibt es einen Gott oder nicht? Ich kann darüber keine logisch-stimmige oder erklärende Aussage treffen. Und nur aus Gewohnheit glauben kann ich dann doch nicht. Bye-bye Religion. *Ein allerletztes Mal Vernunft...*

Das Verhältnis zu meiner Mutter ist nach wie vor angespannt und wir telefonieren auch nur einmal pro Monat, sehen uns einmal im Jahr, das muss reichen. Sie hat für psychische Probleme nie Verständnis gehabt, außerdem bin ich in ihrer Wahrnehmung die undankbare Tochter, die ihr immer noch auf der Tasche liegt. Ich habe es in ihren Augen zu nichts gebracht, neulich bezeichnete sie mich sogar als unnutzen Esser. Das haben die Erfinder von Hadamar auch gedacht, als sie psychisch Kranke vergasten und ermordeten. „Ballastexistenz" nannten Eugeniker Menschen wie mich, die BILD-Zeitung schreibt gern über „Schmarotzer" und meint das gleiche. Man muss nach wie vor in dieser Gesellschaft, in diesem Land etwas leisten, um sich eine Daseinsberechtigung zu erwerben. Dass ich gern etwas leisten möchte, aber mir niemand die Chance dazu gibt, das wollen sie nicht wahrhaben. Dabei bin ich eher unter- als überfordert, meine Kompetenzen sind nur ehrenamtlich gefragt, mein Berufsbild ist zu spezialisiert und differenziert und genau das bereitet mir Sorge, die zu richtigem negativem Stress werden kann. *„Kann Stress nicht auch daraus erwachsen, nicht leisten zu dürfen, wozu man eigentlich in der Lage wäre?"*[40] Genau darüber werde ich länger nachdenken.

Ich hatte insgesamt geschlagene 50 kg (!!!) zugenommen, was für eine Frau schier Unglaubliches bedeutet, ich war eine richtig fette Tonne, die zwei Bahnsitzplätze benötigte. Ich habe mittlerweile Kleidung in vier verschiedenen Konfektionsgrößen, weil es ständig eine Gewichtsveränderung nach Medikamenten-Umstellung gab. Inzwischen habe ich 36 Kilo wieder mühsam durch

---

[40] Charlotte Jurk: „Der niedergeschlagene Mensch", Münster 2008, S. 170.

Verzicht, Hungern und Bewegung abgenommen, bin aber von meinem Wunschgewicht immer noch 10 Kilo entfernt. Gesundheit hat ihren Preis, seelische Gesundung noch viel mehr.

Depressive Schübe kann man auch regelrecht zelebrieren: wenn man merkt, da ist wieder was im Anflug: Licht aus, Fenster und Türen verriegeln, schnell ins Bett einmummeln und depressive Musik einschalten, die Punk-Band EA80 eignet sich hervorragend dafür, Evanescence tun es aber auch zur Not. Dann genauestens auf die Schwere und Düsterkeit der Musik achten und langsam jedes Wort mitsingen, in sich einsaugen. Sich selbst bedauern, laut klagen über alles, viel über Vergangenes und Unabänderliches nachdenken. Gott beschimpfen, blasphemisch werden. Dann feiert sich der depri selbst. Wenn einem das zu wenig ist, gehe man anschließend in einen Wald und klage vor sich hin, bis alles zu tierähnlichem Schreien wird. Das etwa zehnminütige Schreien immer weiter steigern, und sich zugleich ängstigen, von jemandem gehört zu werden. Vielleicht ist das die wirkliche Urschrei-Therapie? Ich habe das ein paar Mal so gemacht und musste irgendwann über mich selbst lachen, wie kaputt ich doch bin. Nein, mittlerweile steigere ich mich nicht mehr in die depri-Wellen rein, ich zelebriere das nicht mehr, ich halte es nur aus.

Könnte man Optimismus lernen? Könnte man sich selbst umprogrammieren, nicht nur das Schlechte zu sehen und zuversichtlich in die Zukunft zu sehen? Wie soll das gehen? Ich muss akzeptieren, dass ich keine Optimistin bin und versuche allenfalls, realistisch zu denken und nicht immer gleich pessimistisch.

Ich lebe immer noch in der gleichen Wohnung in der gleichen Stadt, in der dieser Psychose-Wahn begann. Mein Alcatraz. Ich hatte einige Versuche unternommen, eine andere Wohnung zu bekommen, aber aus verschiedenen Gründen ist nichts daraus geworden, und ich habe eh kein Geld, um mir einen Umzug leisten zu können. Zudem hat das Jobcenter durch die Hartz- Gesetze eine Art Aufenthaltsbestimmungsrecht über mich, müsste einen Umzug auf „Angemessenheit" prüfen und vorab „genehmigen". Das Grundrecht auf Freizügigkeit und freie Ortswahl gilt faktisch nicht mehr für Erwerbslose. Wenn ich die Stadt länger als 24 Stunden verlassen will, müsste ich theoretisch eine „Ortsabwesenheit" bei der Behörde anmelden und mich auch wieder zurückmelden. Ich trage also eine unsichtbare Fußfessel des Jobcenters. So hänge ich hier auch irgendwie fest, in dieser seelenlosen Stadt.

Ich bin nach wie vor arbeitslos, ich gelte mittlerweile als „zu alt" für jemanden ohne mehrjährige Berufserfahrung, „überqualifiziert" steht neuerdings auch in den Absagen. Mir droht eine Zwangsverrentung durch das Jobcenter, nachdem sie sich jahrelang rein gar nicht um meine Beratung oder um die Vermittlung in ein Arbeitsverhältnis gekümmert haben. „Nicht vermittelbar" sagen sie und meinen doch „nicht lebenstauglich". Bei jeder weiteren eintrudelten Absage auf eine Bewerbung suggeriere ich mir mittlerweile, dass das nicht wirklich mir passiert, sondern einer Frau G. in F. und bestimme somit selbst darüber, ob und wann ich etwas emotional an mich herankommen lasse oder nicht. Wenn ich die Absagen nicht verdrängen würde, ich würde kaputtgehen.

Mein Leben könnte ich rückblickend auch hinsichtlich Diskriminierungserfahrungen deuten:
Aufgrund von Glauben, Armut, struktureller Bildungsbenachteiligung, als vaterloses Wesen. Anders-Sein

als „die anderen", anders denken, anders fühlen definiert meine Identität vielleicht noch am treffensten. Das Punk-Dasein hätte ich damals ablegen können, klar. Mein Geschlecht kann ich nicht so einfach ablegen. Nun werde ich als Behinderte und arbeitslose Hartz-IV-Empfängerin ausgegrenzt, manchmal sogar mit dahinter steckendem System. Die Armut könnte ich ablegen, wenn mich endlich wer einstellen würde, aber ich werde niemals den Status der Schwerbehinderten wieder los, „unheilbar" ist nun das Tattoo auf meiner Stirn. Ist bei Exklusion nicht immer auch die Frage, wer eigentlich wen wovon ausschließt? Und wer nur ausgeschlossen wird, weil er oder sie nicht in Eure Verwertungslogik passt? *Er hatte nie versucht, sich auszuschließen, sondern reinzukommen, sein Leben lang. Etikette tötet.* Jammere ich zuviel? Ich zähle doch nur die Fakten auf….

M.? Ich kontaktierte ihn, denn allein den Mutigen gehört diese Welt, er bekam diesen Text. Ich weiß nicht, ob er ihn las. Es folgte keine Ablehnung. Sondern einfach gar keine Reaktion. Ignoranz ist auch eine Form von Antwort. Aber die dauerhafteste Liebe ist die unerfüllte.

Ich war noch mal in der Klinik Hohe Mark, quasi nur zu Besuch. Zuvor hatte sich ereignet, dass eine mir nur vom Sehen bekannte Nachbarin nackt draußen im Schnee umherlief und um Hilfe schrie. Irgendwas kam mir bekannt vor, vielleicht der panische Blick ihrer Augen. Ich holte eine Decke, ging zu ihr und fragte sie nur, was sie sieht. Als sie davon wimmerte, dass grüne Männchen hinter ihr her seien, die sie auffressen wollen würden, sagte ich, dass ich ihr helfen werde, sie solle mir vertrauen, bestellte ein Taxi und brachte sie eigenhändig in die Klinik. Alles ist unverändert dort, als sei die Zeit unter einer Glasglocke stehen geblieben. Ich war dort und spürte doch den Unterschied, alles war harmlos, kein KZ mehr. Und ich spürte, weiter zu sein, dort nicht mehr hinzugehören. Fühlte Abstand und Besserung. Als ich ging, sah ich ein neu errichtetes Gebäude, auf dem das Schild „Musiktherapie" prangte, darüber musste ich grinsen.

Der Nachbarin ward offenbar geholfen, sie rief mich nach 6 Monaten Klinikaufenthalt an und bedankte sich, dass ich das Richtige zum richtigen Zeitpunkt getan hatte. Wir mussten beide weinen. Bei Gott, wenn ich nur immer das Richtige tun könnte....

Ich habe meine eigenen Forschungen wieder aufgenommen und mit tatsächlich gewährtem Stipendium meine Dissertation begonnen. Nach selbst gesetztem rigorosem Zeitplan schrieb ich 3 Jahre lang meine Dissertation, alles war durchgeplant, durchgetaktet und siehe da: Es funktionierte auf einmal. Ausgerechnet ich habe die Selbstdisziplin gefunden und neu definiert! Ich recherchierte, forschte, produzierte Texte, besuchte Tagungen und Forschungskolloquien.

Diese Gesellschaft mag nur Behinderte, die humorvoll alles gut meistern, wegstecken, immer positiv denken und außergewöhnliche Höchstleistungen vollbringen, die sitzen dann in Talkshows und bekommen applaudiert.

Verlage wollen mutmachende Geschichten mit happy end, das ich nicht liefern können würde. All die „das wird schon werden, alles wird gut" - Sprüche könnte ich literarisch einkleiden, etwas zur Erbauung und Stärkung Anderer schreiben, Therapien rühmen und Ärzten danken, die mir zwar nicht halfen, aber immerhin auf mich aufpassten – aber wozu? Es wäre nicht die Wahrheit.

Ich kann dieses Buch nicht so umschreiben, nur damit es anderen gefällt. Es ist mein Buch, meine Geschichte, mein Leben, nicht zurechtgestutzt auf eine verkaufsförderliche

Story oder einen selbstdarstellerischen Lifestyle mit wohlmeinenden „Ratschlägen" für andere. Ich denke eben nicht positiv, sondern realistisch, ich kann nicht anders. Bin ich deswegen ein schlechterer Mensch?

Und überhaupt – hat dieses Buch je ein Ende? Kann ich aufhören, es zu ändern, zu korrigieren, es zu verbessern? Kann ich mit all dem abschließen? Es ist die Geschichte meines Lebens, die erst enden wird, wenn ich nicht mehr da sein werde.

Immerhin funktioniere ich wieder, würde sogar wunderbar in Eurer neoliberalen Arbeitswelt funktionieren, wenn Ihr mich denn auch lassen würdet, wenn Ihr mir denn Teilhabe ermöglichen würdet, wenn ich dazugehören dürfte. Ich habe rund 500 Seiten Hochintelligentes geschrieben und werde am 5. Februar meine Disputation vor einer Prüfungskommission halten, die natürlich nicht weiß, wie ich früher mal diagnostiziert wurde.

Wahrscheinlich würde mir eh niemand glauben, dass ich als „Ex-Psychotische" nun promoviere. Zufall oder Schicksal: Ausgerechnet der 5. Februar, mit offenem Ausgang.

Wer weiß... vielleicht sind Hiob oder Phönix nicht nur Symbolfiguren? Ich muss versuchen zu fliegen. Zumindest versuchen.....

~